FELIZ DIA DAS BRUXAS

Edgar J. Hyde

Ciranda Cultural

Dados Internacionais de Catalogação na Publicação (CIP)
(Câmara Brasileira do Livro, SP, Brasil)

Hyde, Edgar J.
  Feliz dia das bruxas / Edgar J. Hyde ; [tradução Silvio Antunha]. – Barueri, SP : Ciranda Cultural, 2015. – (Hora do espanto)

  Título original: Happy Halloween.
  4ª impr.
  ISBN 978-85-380-0844-6

  1. Ficção juvenil I. Título. II. Série.

15-02250   CDD-028.5

Índices para catálogo sistemático:

1. Ficção : Literatura juvenil 028.5

Título original: *Happy Halloween*
© 2009 Igloo Books Ltd
© 2009 R. K. Smith

© 2009 desta edição:
Ciranda Cultural Editora e Distribuidora Ltda.
Tradução: Silvio Antunha

1ª Edição
4ª Impressão em 2015
www.cirandacultural.com.br
Todos os direitos reservados. Nenhuma parte desta publicação pode ser reproduzida, arquivada em sistema de busca ou transmitida por qualquer meio, seja ele eletrônico, fotocópia, gravação ou outros, sem prévia autorização do detentor dos direitos, e não pode circular encadernada ou encapada de maneira distinta àquela em que foi publicada, ou sem que as mesmas condições sejam impostas aos compradores subsequentes.

Sumário

Começa a Preparação	4
Algo Sinistro	10
A Descoberta	20
Apresentando Kate	47
Esclarecendo o Caso	61
O Mago	72
A Fuga	84
Depois da Batalha	105

Capítulo 1
Começa a Preparação

Era quarta-feira de manhã e Samanta, Tiago e Mandy se preparavam para o sábado. Sábado era 31 de outubro, o Dia das Bruxas. Os três adolescentes passariam alguns dias fora, em uma pequena aldeia, e deveriam partir no dia seguinte, mas isso não os impediria de brincar de travessuras ou gostosuras, motivo pelo qual eles agora faziam suas fantasias, em vez de deixarem tudo para o último minuto, como nos outros anos. A escola estaria fechada para reformas urgentes nas próximas semanas, então eles queriam aproveitar ao máximo esse período de descanso.

Samanta (conhecida como Sam), a mais velha, tinha 13 anos e um chumaço de cabelo loiro indisciplinado. Mandy e Tiago eram gêmeos, mas pareciam muito diferentes entre si, já que Mandy era loira, de cabelos compridos até os ombros, e Tiago tinha cabelos castanhos claros e curtos.

– Eu realmente não sei que fantasia usar, não quero parecer idiota – suspirou Tiago.

– Não importa – respondeu Sam –, você parece idiota de qualquer maneira.

Feliz Dia das Bruxas

– Você é tão engraçada que até me dá vontade de gargalhar – retorquiu Tiago, sarcástico.

– Muito obrigada, Tiago – disse Sam, fingindo não ter ouvido o sarcasmo no tom de voz do irmão. – É que só de olhar para você eu já fico histérica.

– Calem a boca vocês dois – disse Mandy. – Estamos ficando velhos demais para fazer isso, então esse será o último ano em que ganharemos docinhos de graça.

– Bem, eu vou junto só para olhar os dois – acrescentou Sam.

– Não vai, não! – gritou Tiago, indignado. – Você vai com a gente, pois gosta de doces e coisas de graça tanto quanto Mandy e eu.

– Bem, quando eu não vou, você nunca me dá nada – disse Sam, na defensiva.

– Tanto faz – disse Mandy rapidamente, antes que os dois começassem a discutir de novo. – O que vocês dois vão vestir?

– Como já disse, eu não sei – respondeu Tiago.

– Só vou colocar um par de dentes de vampiro, e me vestir de preto – prosseguiu Sam. – Jamais me sujeitaria a brincar de travessuras ou gostosuras com uma máscara esburacada na cabeça.

– Eu estava pensando em algo assim, por isso, vou exagerar na sombra preta no olho – disse Mandy.

– Eu vou de Drácula. Vou colocar um pouco de tinta facial verde, vestir uma capa, colocar umas presas

Hora do Espanto

na boca e pentear o cabelo igual ao dele – disse Tiago.

Sam e Mandy olharam para ele com descrença. Por fim, Sam disse:

– Tem certeza de que quer brincar de gostosuras e travessuras sozinho?

– Como sozinho? Eu vou com vocês – retrucou Tiago.

– Não, vestido assim, não vai mesmo – disse Mandy com firmeza. – Pelo amor de Deus, você disse que não queria parecer idiota!

– Tudo bem, então. O que devo vestir? – perguntou Tiago.

– O mesmo que eu – respondeu Sam.

Tiago não se importou e disse:

– Tudo bem, se isso deixa você feliz, sua chata.

Foi só Tiago fazer uma careta que envolvia empurrar os dedos no nariz e botar a língua para fora, que a mãe dos adolescentes entrou na sala.

– Eu sempre digo para as pessoas que você é o mais charmoso da família, Tiago – ela disse.

Tiago ficou vermelho e tirou os dedos das narinas.

– Vocês já tomaram o café da manhã?

– Ainda não, mãe – retrucou Mandy.

– Eu estava mesmo pensando por que sentia tanta fome – disse Sam. – Vamos fazer nosso café da manhã.

– Certo! – disse Tiago – estou faminto.

Feliz Dia das Bruxas

– Bom, mas não façam bagunça – disse a mãe.

Na cozinha, no andar de baixo, os três adolescentes rapidamente pegaram as frigideiras e logo o delicioso cheiro de bacon subia no ar. Em pouco tempo, Sam, Tiago e Mandy estavam devorando ovos com bacon e torradas. Eles avançaram como corvos, e logo se sentavam nas cadeiras, de barriga cheia.

– Essa valeu! – disse Sam, satisfeita. – Nada como um bom café da manhã quentinho para animar alguém.

– É, nada como um bom café da manhã como esse! – retrucou Tiago.

– Você se acha engraçado, né? – disse Sam ao irmão. – Mas na verdade, você é muito, muito chato.

– Na sua opinião – respondeu Tiago.

– Então, o que faremos hoje? – perguntou Mandy mudando de assunto.

– Bom, primeiro eu vou arrumar as minhas roupas na mala, para o fim de semana – disse Sam.

– Tudo bem, então vamos todos fazer isso agora, enquanto pensamos no que fazer o resto do dia – retrucou Mandy.

Os três levaram apenas uma hora para fazerem as malas. Às onze e meia, estavam na sala de estar assistindo à televisão.

De repente, Sam deu um pulo e disse:

– Foi isso o que eu esqueci.

Hora do Espanto

– O que você esqueceu? – perguntou Mandy.

– Os meus dentes de vampiro. Esqueci de colocar na mala. É melhor fazer isso agora ou esquecerei de novo.

Cinco minutos depois ela estava de novo no andar de baixo, segurando algo.

– O que é isso? – perguntou Tiago.

– São os meus dentes, acho que eles mofaram...

– Eca! – disse Mandy. – Como isso aconteceu?

– Tentei comer lasanha com eles no ano passado e esqueci de limpá-los – respondeu Sam.

– Você vai usá-los? – perguntou Tiago.

– Claro que não! – disse Sam. – Mas, se quiser, pode ficar com eles.

Sam jogou os dentes embolorados no colo de Tiago.

– Eca! – gritou Tiago, jogando-os em Mandy.

– Tiago! – berrou Mandy, atirando os dentes pela janela.

– Vocês vêm comigo para arranjar outros? – perguntou Sam.

– Agora não! – disse Tiago. – Você deve estar brincando. Vai começar *Poderosos Ninjas Supersônicos*!

– Vamos lá – insistiu Sam. – Você também pode conseguir dentes novos.

– Tudo bem. Eu vou pegar algum dinheiro e vamos embora.

Feliz Dia das Bruxas

– Também vou – disse Mandy seguindo o irmão e a irmã para fora da sala. – Não tenho nada melhor para fazer.

Ela fingia que já era adulta demais para fantasias, guerras de travesseiros, espumante de açúcar, bombas de fedor, pinturas e todo o resto. Mas, enquanto os outros se distraíam com algumas máscaras assustadoras e brigavam para saber quem teria os caninos de Drácula mais longos, ela sorrateira comprou alguns truques bobos e algumas cápsulas de sangue falso, para ser a melhor vampira.

Depois disso, os três adolescentes passaram o dia em casa. Não foram deitar muito tarde, para poderem levantar cedo na manhã seguinte.

Capítulo 2
Algo Sinistro

Na manhã seguinte, por volta das sete horas, a família já estava de pé, e pegava as últimas coisas para o longo passeio. Eles tomaram o café da manhã às nove horas, e partiram meia hora depois. A jornada era longa e, na maior parte, um tédio. Os três adolescentes tentaram jogar Banco Imobiliário na parte de trás do carro, mas como as peças caíam do tabuleiro, eles desistiram e conversaram entre si.

– Mal posso esperar para chegar – disse Sam. – Fico imaginando como será a aldeia...

– É meio antiga, eu acho – disse Mandy. – Sabe, um desses lugares onde só existe um telefone para toda a aldeia.

– Parece mesmo empolgante – disse Tiago, sarcástico. – Espero que tenham ouvido falar do Dia das Bruxas por lá.

– E eu espero também que não se importem de brincarmos de travessuras ou gostosuras com eles – afirmou Sam.

– Lá não é tão atrasado – disse a mãe, virando-se. – Tenho certeza de que existe mais de um telefone na cidade.

Feliz Dia das Bruxas

– Bem, espero que sim – retrucou Sam.

Quando eles chegaram, a aldeia, apesar de velha, de fato tinha mudado com o passar do tempo. A cabana que alugaram estava situada no limite da cidade e tinha eletricidade, água encanada e telefone. Até que era uma aldeia grande, usada por trabalhadores que voltavam para a cidade todos os dias. Na verdade, a aldeia tinha até uma pequena estação.

– O que você dizia sobre a aldeia ser atrasada? – Tiago perguntou para Mandy, zombando.

– Tudo bem, eu estava errada – retrucou Mandy.

– Então, essa é a cabana? – perguntou Sam, enquanto se aproximavam de uma casa de sapé em ruínas, situada ao largo de uma estrada enrugada e esburacada.

– Sim, aqui estamos – respondeu o pai.

A cabana parecia muito antiga, com paredes cobertas de liquens, feitas de pedra de diferentes formas e tamanhos. As janelas eram chumbadas. Embora a cabana parecesse bem pitoresca, Sam não pôde evitar um sentimento estranho. Não sabia explicar por que sentia isso, já que a cabana parecia tudo, menos sinistra. De repente, pelo canto do olho, Sam viu um movimento atrás de uma janela escura. Olhou diretamente para a janela, mas nada mais aconteceu.

Sam arrepiou. "Só estava sendo tola" – disse para si mesma, ninguém mais tinha notado nada, provavelmente era só o reflexo de alguém da família.

Hora do Espanto

– Vamos, Sam, tire sua mala do porta-malas – disse o pai. – Vamos entrando, a menos que você queira ficar do lado de fora a noite toda.

Sam se mexeu e arrastou a mala para fora do porta-malas do carro do pai. Depois de pensar um momento, ela disse a ele:

– Pai, tem mais alguém na cabana?

– Mal há espaço para nós cinco, Sam. – replicou o pai.

– Nem mesmo um caseiro, nenhuma outra pessoa?

– Não que eu saiba. Por quê?

– Ah, nada não! – respondeu Sam.

Dentro, a cabana tinha o cheiro de móveis antigos mofados. Em alguns quartos, havia paredes divididas em painéis, que pareciam muito antigas. Era estranho que uma cabana daquele tamanho tivesse algo como painéis em paredes que não pareciam se encaixar no todo. Sam comentou isso com o pai.

– Aparentemente, anos atrás, um homem viveu aqui, e era muito rico – disse o pai. – Era também meio excêntrico, e construiu o lugar como se fosse uma mansão por dentro.

– Mas o que ele fazia morando em uma cabana, se era rico? – perguntou Sam.

– Bem, como eu disse, ele era um excêntrico – disse o pai. – Você sabe como esses boatos se espalham.

Feliz Dia das Bruxas

Dizem por aí que se interessava por ocultismo e coisas do gênero.

– E o que aconteceu com ele? – perguntou Sam.

– Eu conversei com uma senhora no correio e ela disse que ele desapareceu acidentalmente com a própria magia – respondeu. – Mas é claro que não se pode acreditar em tudo o que se ouve, não é?

A mãe, que estava na cozinha com Tiago e Mandy, foi até o corredor e disse para Sam e o pai:

– Tiago está fazendo café, vocês não querem uma xícara?

– Estou seco por uma – disse o pai.

– Eu também quero – intrometeu-se Sam.

Eles a seguiram até a cozinha, que tinha uma viga baixa, no forro do teto. Mandy estava sentada na mesa da cozinha e Tiago derramava água quente na cafeteira.

– Mais dois cafés, Tiago – disse a mãe.

– Certo – concordou Tiago. – Só vou dar mais uma mexida e deixar por alguns minutos antes de servir.

– Não faça o meu muito forte.

– Ui! Não gostaria que Jamesy Wamesy viesse assoprar o seu também?

Sam não mordeu a isca. Ela estava muito preocupada com a história do velhote excêntrico.

– Não, obrigada, meu irmão mais querido. Apenas duas colheres de açúcar e um pouco de leite.

Hora do Espanto

Ela se sentou no banco da mesa da cozinha, visivelmente muito antigo, que era de madeira e desnivelado.

– Não é uma cabana encantadora? – disse a mãe, entusiasmada.

– É mesmo, não é? – concordou Mandy.

– Temos muita sorte de tê-la conseguido tão em cima da hora – disse o pai.

– Estou ansioso pela noite de amanhã – disse Tiago.

– Eu também – replicou Sam.

– A que horas vocês acham que devemos sair? – perguntou Mandy.

– Eu calculo que pelas oito – respondeu Sam. – Assim poderemos aproveitar umas duas horas.

– Concordo – disse Tiago. – Devemos conseguir um bom tesouro nesse horário.

– Então, qual será a travessura que faremos? – perguntou Mandy.

– Ainda não pensei muito nisso – admitiu Sam. – Acho que poderíamos colocar arroz nas caixas de correio das pessoas.

– Em se tratando de travessuras, eu devo dizer que colocar arroz na caixa de correio é uma bobagem – disse Tiago. – Que tal jogar ovos nas casas?

– Isso é horrível, Tiago – disse Mandy. – Que tal balões de água? – acrescentou com um riso maldoso.

– Acho que deveríamos manter o arroz – disse Sam.

Feliz Dia das Bruxas

– Quando esse café vai chegar, Tiago? – perguntou o pai.

– Tudo bem, tudo bem, estou fazendo – retrucou Tiago.

Depois de uma breve xícara de café, os membros da família escolheram seus quartos. As garotas dividiram um quarto, enquanto Tiago teve um só para ele. Os quartos ficavam todos no térreo, já que a cabana não tinha mais andares, apenas um sótão, que os três adolescentes pretendiam explorar no dia seguinte.

Depois de desfazerem as malas e guardarem as roupas, Sam, Tiago e Mandy sentaram-se em um pequeno cômodo, lendo revistas. Após alguns minutos, a mãe veio e disse:

– Um de vocês não poderia dar um pulo e comprar pão antes que a mercearia feche? Eu vi uma no caminho, não vai levar mais do que cinco minutos.

– Sim, mãe – disse Sam.

– Obrigada, Sam – replicou a mãe, antes de lhe dar algum dinheiro e sair do quarto.

– Vamos, vocês dois – disse Sam. – Vamos lá.

– Achei que a mãe tinha perguntado se um de nós iria – afirmou Tiago.

– Então você não tem certeza! – disse Sam. – Vamos lá.

– Tudo bem, estou indo – disse Tiago, encolhendo os ombros.

Hora do Espanto

– Mandy, vamos...

– Ah, desculpe! – disse ela, fingindo não ter ouvido. – Não tinha escutado você.

– Tá certo – retrucou Sam.

A caminhada demorou apenas dez minutos. A mercearia era até que moderna e parecia vender de tudo o que alguém pudesse querer.

Sam pegou um filão de pão e foi ao caixa para pagar.

– Nunca vi vocês antes, são novos por aqui? – a operadora do caixa perguntou a Sam.

– Estamos hospedados na cabana estrada abaixo por alguns dias – disse Mandy.

– Ah, qual delas? – perguntou a mulher enquanto Sam pagava. – Não é a cabana do velho mago?

– Cabana do mago? – perguntou Tiago.

– É assim que nós a chamamos por aqui, pois dizem que o cara que costumava viver lá praticava magia, e um dia... Ele simplesmente desapareceu!

– Ouvimos falar disso – revelou Mandy.

– Eu não acredito nisso, é claro – afirmou a mulher sem convencer. – Então vocês vão ficar por lá?

– Sim, até segunda – respondeu Sam.

– Bem, como eu disse, não costumo acreditar em velhas histórias tolas como essa – a mulher disse. – Mas, eu não gostaria de ficar por lá durante a noite

Feliz Dia das Bruxas

do Dia das Bruxas. Não com as coisas que dizem que costumam acontecer nessa cabana – acrescentou com uma expressão preocupada nos olhos.

– É só conversa – disse Tiago. – Dia das bruxas ou não, nada a ver.

– Bem – retrucou a mulher do caixa, ligeiramente incomodada. – Existem histórias de coisas estranhas que acontecem ali, especialmente nesta época do ano.

– Que coisas estranhas? – perguntou Mandy, com os olhos arregalados de medo.

– Ora, eu não quero preocupar vocês. Mesmo assim, antes vocês que eu.

– Obrigada pelo pão – disse Sam, terminando a conversa. – Melhor irmos agora, tchau.

– Adeus, então! – retrucou a mulher virando-se para longe da mesa. Será que Sam notou um olhar assombrado no rosto da mulher?

Na rua, os três começaram a conversar.

– Você não precisava ser rude, Tiago – disse Sam.

– Ela só estava tentando nos assustar – respondeu o irmão. – Não somos crianças!

– Bem, ela me apavorou um pouquinho – disse Mandy, sentindo um calafrio. – Gostaria de saber quais seriam as coisas estranhas sobre as quais ela falou...

– Foi o jeito de ela fingir que não acreditava nisso que me intrigou – disse Sam.

Hora do Espanto

– Vocês duas são patéticas, ela não me assustou nadinha – bufou Tiago.

Logo os três estavam de volta à cabana. Eles passaram o resto do dia arrumando coisas, disputando jogos de tabuleiro e assistindo televisão antes de irem deitar, às onze e meia. Com as luzes apagadas no quarto, as garotas papearam.

– Estou ansiosa pela noite de sábado – disse Mandy.

– Eu também! Eu poderia fazer muitas travessuras – retrucou Sam.

– Você vai comer feito um porco os doces e coisas do tipo, tudo de uma só vez? – perguntou Mandy.

– Bem, provavelmente eu vou tentar juntar doces por meia hora, depois vou me empanturrar! – respondeu Sam.

As garotas repousaram um tempo antes que Sam dissesse a Mandy:

– Não seria legal se você pudesse conhecer um fantasma de verdade ou coisa assim, Mandy?

– Se você acha... – retrucou Mandy. – Mas, para ser sincera, eu provavelmente iria morrer de medo!

As garotas deitaram no escuro ouvindo o vento assobiando levemente nas beiradas do telhado, e o gotejar da chuva batendo nas tábuas da janela. Lá fora, o céu estava tingido de preto, com algumas estrelas aparentes.

Feliz Dia das Bruxas

– Boa-noite, Mandy – disse Sam.

– Boa-noite, Sam – respondeu Mandy, bocejando.

Em alguns minutos, tudo que podia ser ouvido no quarto, além do vento e da chuva lá fora, era o suave ronco das duas irmãs.

Capítulo 3
A Descoberta

Na manhã seguinte, a luz que brilhava pela janela no quarto das garotas era fria, áspera e sem alma, e caiu sobre as figuras sonolentas de Sam e Mandy. De repente, o despertador de Sam tocou. A insistente campainha eletrônica afinal acordou Mandy, que atirou travesseiros pelo quarto para acordar a irmã. Sam grunhiu um pouco, antes de virar e murmurar qualquer coisa para ela mesma em seu sono. Continuou roncando...

Mandy foi forçada a subir na cama e ir até o criado mudo de Sam para desligar o despertador da mesma. Depois de desligar o alarme, Mandy pegou seu travesseiro do chão e socou-o na cabeça de Sam, acordando-a de vez.

– Bom-dia, esse é seu alarme das nove da manhã – disse Mandy, numa voz robótica, enquanto ela golpeava novamente Sam com o travesseiro.

– Não ouvi o alarme tocar! – exclamou Sam.

– Eu percebi – disse Mandy, pulando na cama e cobrindo-se, tentando recuperar um pouco de calor. – Não caia no sono de novo.

Feliz Dia das Bruxas

– Nem pensar – retrucou Sam, bocejando.

As duas voltaram a dormir.

Uma hora depois, às dez horas, Tiago entrou.

– Acordem! – gritou, sorrindo para si mesmo enquanto as irmãs esfregavam os olhos irritados e vesgos na direção dele.

– Saia daqui, seu garoto horroroso! – rosnou Sam.

– Não se eu puder evitar – disse Tiago. Tiago tinha comprado um presente da loja enquanto as garotas procuravam máscaras de Dia das Bruxas. Era uma pistola de água, que ele esguichou no rosto das duas.

– Tiago, eu te odeio – disse Sam. – Eu me lembrarei disso da próxima vez que você estiver dormindo.

– Sim! – acrescentou Mandy. – Vou até o seu quarto jogar um balde de água em você.

– Você é realmente malvado – disse Sam atirando um travesseiro nele.

– Eu adoro ver minhas irmãs sofrendo – disse ele rindo.

– Bem, você certamente conseguiu o que queria – disse Sam, agora completamente acordada. – Se quiser ser perdoado, você poderia fazer uma xícara de café para mim.

– E para mim – disse Mandy, intrometendo-se debaixo do acolchoado.

– Tudo bem, fofas, não voltem a dormir então – ele disse.

Hora do Espanto

Quando Tiago retornou com as duas xícaras de café fumegantes, as irmãs já tinham levantado e estavam se preparando para o dia. Sam agarrou uma xícara das mãos dele e correu o mais rápido que pôde sem derrubar o café até o banheiro.

– Eu primeiro no chuveiro.

– Droga! – exclamou Mandy. – Eu ia fazer isso.

– Quando você terminar o café, ela já vai ter saído – disse Tiago.

– Como? – perguntou Mandy.

– Ela vai beber umas cinco vezes mais café do que beberia na banheira.

– Vai? – ela disse sem entender a piada. – Como assim?

Tiago olhou para ver se ela estava fingindo não entender. Não estava.

– Mandy, era uma... – começou Tiago e achou melhor explicar a piada.

– O que, era o quê? – perguntou Mandy. – O que é que era isso, e o que é que você estava tentando dizer que isso era?

Tiago repassou a frase na cabeça para ver se fazia sentido pela segunda vez. Não, não fazia mesmo o menor sentido.

– Mandy – ele disse.

– Sim? – ela retrucou.

– Cale a boca.

Feliz Dia das Bruxas

Sam saiu do chuveiro e Mandy finalmente teve a chance de se lavar. Logo, os três estavam na cozinha com seus pais, tomando o café da manhã.

– Nós estávamos pensando em ir ao centro de jardinagem pelo qual passamos no caminho para cá hoje – disse o pai.

– Parece... divertido! – retrucou Sam procurando por uma descrição apropriada.

– Vocês virão junto?

– Desculpe, pai – disse Tiago. – Eu adoraria, mas tenho que...

Ele vacilou, mas felizmente Sam veio ajudar.

– ... fazer o projeto de um trabalho de escola, e eu estou ajudando-o, já que fiz o mesmo projeto ano passado.

– Você vem, Mandy? – perguntou o pai.

– Não, eu estou no mesmo projeto do Tiago já que estamos na mesma série e acho que Sam poderia me ajudar bastante – foi uma resposta na ponta da língua.

– Mas é impressionante como de repente todos têm um projeto de escola que precisa ser feito, logo quando estamos prestes a ir ao centro de jardinagem – disse o pai em tom de brincadeira.

– Eu imagino que eles devem estar planejando isso há séculos – retrucou a mãe, fingindo falar com o marido como se Sam, Tiago e Mandy não estivessem lá.

Hora do Espanto

– Antes de fazer o projeto, os três podem limpar as coisas do café da manhã – disse o pai.

Os três adolescentes rosnaram.

– Tchau, tchau! – disseram os pais.

– Tchau! – disseram os três irmãos, enquanto os pais deixavam o quarto.

– É inacreditável que eles achem o centro de jardinagem tão fascinante – disse Tiago. – Eu acho uma chatice.

– Eu sei o que você quer dizer – concordou Sam. – Quer dizer, eles na verdade passeiam por lá com sorrisos no rosto enquanto veem, sei lá, a begônia da moda dessa estação, ou o rododendro da Mongólia Exterior quase sem pintas em tom azul elétrico com linhas corridas e topo macio.

– Tanto faz – disse Mandy, lançando um olhar bizarro à irmã. De qualquer maneira, vamos terminar logo a limpeza e aí nós poderemos dar uma olhada pela casa.

Logo os jovens tinham terminado e estavam planejando o que fazer durante o dia.

– Já sei – começou Sam. – Vamos dar uma olhada no sótão. Tenho certeza de que deve haver algo lá em cima.

– Vamos – disse Mandy. – Vamos usar um banquinho para chegar lá em cima. O forro do teto não é tão alto.

Feliz Dia das Bruxas

Sam pegou um banquinho e seus irmãos a seguiram pelo corredor onde havia o buraco do sótão no teto.

Sam colocou o banquinho debaixo do buraco e subiu. Ela alcançou e empurrou para o lado o quadrado de madeira e se atirou para dentro do sótão.

– Mandy, você pode pegar os fósforos e as velas na despensa da cozinha? Está escuro como piche aqui em cima.

Tiago foi em seguida, e depois Mandy com as velas.

Eles acenderam três velas, o sótão era bem pequeno. E também bem vazio, com apenas algumas caixas perto do buraco. Sam foi até uma das caixas, seguida por Tiago e Mandy. Ela abriu a caixa, mas tudo que havia dentro era a tradicional sucata de sótão, porcelana, que não podia ser da China, diversos enfeites medonhos e coisas similares. A outra caixa tinha o mesmo tipo de conteúdo que a primeira.

– Nada – disse Sam desapontada. – Bem, nada interessante, de qualquer maneira.

– Li em algum lugar que antigamente todo tipo de coisa ficava escondida no telhado – disse Tiago. – Este telhado aparenta ser muito antigo. Que tal darmos uma olhada?

– Como não há nada mais interessante para fazer, eu concordo – retrucou Sam.

Hora do Espanto

Os três jovens passaram cerca de 15 minutos fuçando em toda parte no sótão sem sucesso. Por fim, Tiago disse:

– Nada. Acho melhor desistirmos. Vamos fazer outra coisa. É óbvio que quem morava aqui não queria esconder nada no sótão.

– Eu concordo – disse Mandy.

– Tudo bem – concordou Sam, embora relutante. – Vamos só olhar aquele canto, e podemos descer de novo.

Enquanto cruzava o sótão ela disse:

– Na verdade, é uma vergonha. Eu achei que íamos encontrar algo relacionado ao velho ocultista.

– O quê? Algo parecido com um livro de feitiços? – perguntou Tiago.

Sam captou algum movimento com o canto do olho, perto de onde ela estava procurando, enquanto Tiago dizia isso.

– Sim – disse Sam, enquanto alcançava a área onde tinha visto o movimento. Ela inspecionou ao redor um pouco até que, de repente, sentiu um objeto quadrado sólido, embaixo da mão que apalpava.

– Achei algo! – ela gritou.

– Até parece! – retrucou Tiago.

– Não, é sério! – disse Sam, puxando para fora da fenda onde estava procurando um livro gasto, com capa de couro.

Feliz Dia das Bruxas

– O que é isso? – perguntou Mandy, indo até onde Sam estava.

– Não! Esperem, tem mais... – disse Sam, puxando para fora uma pequena e antiquada bolsa de couro de guardar dinheiro. Ela estava recheada.

Ela abriu a bolsa. Dentro havia três grandes, coloridas e transparentes pedras lapidadas.

Sam olhou para o livro. Não havia título na capa, mas dentro, a primeira página marcada, proclamava o livro como sendo: *Das Místicas Artes da Magia & Muitos Populares & Interessantes Feitiços.*

– Um livro de feitiços, Tiago – disse Sam. – Imaginava algo assim?

– Nem consigo acreditar, um livro de feitiços de verdade! – disse Tiago pela centésima vez.

– Gostaria de saber se eles funcionam... – matutou Sam.

– Esperem vocês dois, eu não gosto disso. Isso pode ser intrometer-se no ocultismo – disse Mandy.

– Não seja boba, Mandy, isso não funciona de verdade. Você realmente não acredita que existem coisas como a magia? – zombou Tiago. – Continue, diga uma delas, Sam.

– Não! – disse Mandy.

– Continua... – apoiou Tiago.

– Só vou experimentar um pequenininho então – disse Sam, tentando agradar os dois ao mesmo tempo.

Hora do Espanto

– Eu não faria isso, se fosse você, mas é você quem decide – disse Mandy, brincando instintivamente com uma das pedras da bolsa.

– Certo, vamos ver... – Sam começou. – Certo, aqui tem um, uma ilusão...

– Uou-uou-uou... – disse Tiago, zombando da irmã.

– *Addi, cysti, adonis, crytis, chi* – pronunciou Sam. Nada aconteceu.

– Viu, Mandy, nada para se preocupar – riu Tiago.

– Espera aí... – disse Sam. – Está meio difícil ler. Ah, entendi. Eu preciso usar a pedra da Runa, desenhar um pentágono no ar com ela e nomear o objeto cuja imagem quero criar quando tiver terminado.

– Vamos lá, Sam – disse Tiago. – Você está agindo como se acreditasse nessas coisas.

– Psiu! – fez Sam. – Agora, qual é a pedra da Runa? Que tal a verde?

Ela pegou a pedra e pronunciou as palavras novamente, enquanto desenhava a forma de um pentágono no ar com a pedra verde. A pedra deixou um rastro verde até formar um pentágono. Sam então disse:

– Vaso.

Sam imaginou o vaso em sua cabeça.

De repente, uma flecha surgiu do nada, com um clarão verde, pairou no ar por um segundo e depois voou direto para a cabeça de Sam. Ela colocou o li-

O Escritor Fantasma

vro de feitiços sobre o rosto como proteção. A flecha acertou o livro e desapareceu com outro clarão verde. Sam olhou para o livro. Não havia marcas nele.

– *Eles não funcionam de verdade, você realmente não acredita que existem coisas como a magia!* – rosnou Sam, imitando o irmão. – Então, o que foi isso?

– Foi incrível, Sam – gritou Tiago. – Eu não sabia que você tinha isso em você.

– Ela quase foi morta, Tiago – disse Mandy. Mas de qualquer modo, eu pensei que você tivesse dito "vaso", Sam, não flecha.

Mandy balançou a cabeça com descrença antes de finalmente dizer:

– Uau! Você fez mágica!

Sam abriu o livro no começo e leu a primeira página.

– Ao praticante da arte da magia, uma palavra de aviso. A magia é uma arte em que a absoluta concentração é necessária, e erros podem se tornar fatais ao estudioso imprudente. Existem muitas coisas que você não deve tentar, que estão destacadas neste volume, mas algo que você nunca deve fazer é usar as pedras incorretas em um feitiço, pois os resultados podem ser desastrosos e, se você tiver sorte, morrerá rapidamente. Até mesmo o menor feitiço pode ter consequências drásticas se usado com a pedra errada. Você

Hora do Espanto

foi avisado: a magia é uma arte perigosa e deve ser abordada com toda cautela.

– Eu acho... – disse Mandy vagarosamente. – Acho que temos muita, muita sorte, então.

– Eu acho que você está certa – disse Sam. – Gostaria de saber qual pedra é que... Oh! Há uma explicação aqui nos dizendo o que é o quê. A pedra verde é a pedra de Talis, a vermelha é a da Runa, a azul é a Pikez. Eu acho que nós devíamos abordar isso com cuidado e ler o livro antes de tentar qualquer outra coisa.

– Você vai tentar mais? – gritou Mandy. – Eu achei que o fato de quase ser morta poderia ser um aviso para que você não fizesse mais magia!

– Não seja boba, Mandy – disse Tiago. – Sam sabe o que está fazendo e, além disso, eu também quero tentar.

Mandy não conseguia pensar em algo para dizer. Finalmente, ela simplesmente disse:

– Vocês são dois loucos, mas por enquanto estou com vocês. Além disso, não posso negar que tudo isso seja muito intrigante. Não acham que eu poderia tentar?

Sam sorriu mostrando os dentes e disse:

– Eu sabia que era esse o motivo, Mandy.

– Certo! Então, para onde vamos? – perguntou Mandy.

Feliz Dia das Bruxas

– Vamos todos ler agora – sugeriu Tiago.

– Então vamos para a mesa da cozinha, desse modo todos poderemos ler – disse Sam.

Os três adolescentes passaram a hora seguinte lendo e discutindo o começo do livro de feitiços. Uma coisa os intrigou muito.

– Aqui diz que em se tratando de magia, você precisa ter um talento natural em primeiro lugar – disse Sam.

– Eu estava lendo isso – concordou Tiago. – E você sabe o que isso significa?

– O quê? – perguntou Mandy. – Que Sam tem um dom natural para magia?

– Acho que sim – disse Sam sorrindo. – Por que não tentamos aquele feitiço de novo?

– Tudo bem então, Sam. Mas desta vez, eu quero uma chance – disse Tiago.

– Se você tiver talento para isso! – avisou Sam.

– *Addi, cysti, adonis, crytis, chi* – disse Tiago, desenhando a forma de um pentágono no ar, desta vez com a pedra vermelha. Um pentágono vermelho brilhou no ar, enquanto Tiago dizia: bola.

Em sua cabeça, ele imaginou uma bola, mas nada aconteceu.

– Deixa que eu faço – disse Sam, pegando a pedra. Ela fez o ritual novamente, terminando com a palavra: bola.

Hora do Espanto

Sam também imaginou a bola no ar, e dessa vez uma brilhante bola amarela apareceu na frente dela, onde o pentágono estava. Ela tentou tocar a imagem, mas sua mão passou direto por ela, que rapidamente se dissolveu em nada.

– Parece então que eu tenho talento – disse Sam, presunçosa. – Que azar, Tiago!

– Agora, deixem-me tentar – disse Mandy, agarrando a pedra de Sam. Ela também repassou os movimentos e terminou com o mesmo resultado que Tiago.

– Ah! Tudo bem, Mandy – disse Sam. – Bela tentativa, por pouco você não conseguiu.

– Ah, cale a boca, Sam – disse Mandy. – Você tem sorte, só isso.

– Sorte? – disse Sam. – Não é sorte, só pura habilidade!

– Sim, tanto faz – murmurou Tiago amargamente.

– Falando sério, então... – disse Mandy. – O que você vai fazer agora?

– Não sei, vou praticar um pouco, eu acho – retrucou Sam.

– Tem certeza? – perguntou Mandy. – Lembre-se do que aconteceu com aquele outro cara.

– Eu serei cautelosa... – respondeu Sam.

– Tudo bem, desde que você se lembre disso – Mandy disse para ela. – Agora, não sei quanto a vocês dois, mas eu estou faminta.

Feliz Dia das Bruxas

Sam olhou para o relógio dela. Era uma e meia e ela percebeu de repente que estava com fome. Enquanto Mandy foi até o armário ver se havia alguma coisa para comer, Sam parou-a e disse:

– Eu vou fazer o almoço para nós, tudo bem?

– Tem certeza? – perguntou Mandy, de repente assolada por uma dúvida.

– Preciso tentar alguma coisa – retrucou Sam.

Ela abriu o livro e explorou o índice.

O índice relacionava muitos feitiços, e levou um tempo para ela encontrar algum que parecesse apropriado.

– Criando objetos com magia bruta – leu.

– Página 117.

Sam abriu na página certa e leu o feitiço. Ela assobiou com os dentes e disse:

– Tudo isso só para conseguir um almoço?

– Deixe-me ver isso – disse Tiago arrancando o livro das mãos da irmã.

– É como uma receita – disse.

– Eu nem sei o que são metade dessas coisas – disse Sam. – Não estou preparada para fazer metade do que desejaria.

– Passe o livro – disse Mandy, sentando do lado contrário a eles.

Enquanto Tiago passava para ela, o livro caiu de repente das mãos dele sobre a mesa de cozinha. En-

Hora do Espanto

quanto pousava, um pedaço de papel, amarelado pelo tempo, tremulou dentre as páginas e flutuou rumo ao chão. Sam chegou antes.

– O que é isso? – perguntou Tiago.
– É um lista de instruções – retrucou Sam.
– O que diz aí? – perguntou Mandy.
– Olha, vamos sentar e eu leio isso para vocês, ok?
– Certo! – retrucou Mandy.

Os três sentaram-se, e Sam começou a ler: – Ao Meu Sucessor. Até agora você encontrou o livro de feitiços e a bolsa de pedras mágicas. Os ingredientes para todos os feitiços contidos no livro estão escondidos, triplamente protegidos das pessoas erradas. Se realmente se dedicar à pratica da Arte da Magia, e se tiver habilidade, você descobrirá os ingredientes escondidos em lugares que somente você, pode encontrar, mas apenas quando estiver pronto para usá-los. Pratique os feitiços menores primeiro, você saberá quando estiver pronto para feitiços maiores e mais perigosos.

Finalmente, você terá ouvido que eu me matei por causa da magia. Isso não é verdade, eu só fui para outro lugar. Boa sorte, e seja cuidadoso ao seguir o caminho da magia.

Atenciosamente, Winston Bellingford.

Sam parou a leitura.

Feliz Dia das Bruxas

— Uau! – disse Tiago. – Parece que ele esperava por você, Sam.

— Bem, sendo assim, parece que o almoço será aquilo que encontrarmos nos armários – suspirou Sam.

— Estou satisfeita – disse Mandy. – Conhecendo você, Sam, você teria feito um suspiro de cianureto.

— Obrigada pelas palavras de confiança, Mandy.

— Tudo bem... – ela retrucou sorrindo.

Depois do almoço, os irmãos foram para o saguão estudar um pouco mais o livro de feitiços.

— Tente mover algo com magia – sugeriu o irmão.

— Certo, mas o quê? – perguntou Sam.

— Que tal a almofada do sofá? – disse Mandy.

— Vou tentar, se conseguir achar o feitiço correto – respondeu a irmã.

Ela procurou no índice do livro de feitiços e encontrou a palavra levitação. Folheou até a página apropriada e leu o feitiço. Felizmente não exigia nada além de algumas palavras e uma pedra mágica. Sam leu o feitiço novamente antes de levantar e preparar-se para dizê-lo.

— Para trás – ela disse. – Lá vai!

Ela pegou a pedra correta, a pedra azul de Pikez, e desenhou um pentágono no ar enquanto expressava as palavras:

— *Chelon, levita, greyshun, avatar.*

Hora do Espanto

Apontando o dedo para a almofada, lentamente ela levantou o braço. A almofada levantou no ar. Sam moveu o braço para cima e a almofada o seguiu. Sam ergueu o braço e a almofada flutuou mais alto. Querendo a almofada mais próxima dela, Sam fez a almofada vir para perto, até ficar pairando na frente de seu dedo.

– Certo, como paro isso? – ela perguntou para Tiago.

Tiago pegou o livro e disse:

– Aqui não diz.

– Deve dizer em algum lugar – retrucou Sam.

– Não consigo encontrar.

– Tente não apontar para a almofada – sugeriu Mandy.

A garota, então, fez isso, mas a almofada permaneceu onde estava.

– Como paramos a ilusão? – perguntou Tiago.

– Talvez ela caia se Sam tocar nela – disse Mandy.

Sam tocou na almofada. A almofada amassou onde o dedo a tocou, mas continuou levitando.

– Tente empurrar – disse Tiago.

Sam tentou empurrar a almofada no ar, mas ela permaneceu imóvel. A almofada amassava cada vez mais, porém continuava no mesmo lugar. Sam a deixou e ela retomou a forma.

Feliz Dia das Bruxas

Logo em seguida, o som da porta da frente, aberta pelo pai, fez com que os adolescentes se entreolhassem alarmados.

– O que devemos fazer? – perguntou Sam com os olhos arregalados.

– Rápido, levite-a para o sofá – disse Mandy.

Sam apontou para a almofada e moveu a mão para baixo, apontando para o sofá. A almofada continuou no mesmo lugar. Sam moveu a mão para trás para apontar novamente o dedo para a almofada, porém, quando ela fez isso, o sofá levantou a um pé do chão.

– O que você está fazendo? – gritou Tiago enquanto ouvia o som dos pais conversando no corredor do lado de fora do saguão.

Rapidamente, Sam moveu o braço para baixo, descendo o sofá até o chão. Ela apertou a mão e se afastou do sofá. Felizmente, o sofá não se moveu, mas também não se mexeu quando Tiago tentou empurrá-lo.

– Demais! Parabéns, Sam... – murmurou Mandy, enquanto ela em vão brigava com a almofada.

Naquele momento, o pai adentrou, seguido pela mãe.

– Só entramos para pegar minha carteira – ele disse. – Esqueci de levá-la comigo, então o centro de jardinagem está guardando as plantas que estamos comprando até eu voltar.

Hora do Espanto

O pai olhou para Mandy, fingindo que segurava a almofada.

– O que você está fazendo Mandy? – perguntou.

– É, bem... é... O Tiago disse que as garotas eram mais fracas que os garotos, e eu disse que não eram; ele falou para provar, e eu disse que tudo bem. Aposto que consigo carregar essa almofada na minha frente por mais tempo que ele.

– Se você diz – falou o pai, hesitante. – De qualquer maneira, estamos saindo de novo, tudo bem?

– Tudo bem – disse Sam. – Tchau.

– E almocem alguma coisa – disse a mãe enquanto saía.

– Já fizemos isso – falou Tiago.

– Certo, tchau! – retrucou a mãe, fechando a porta da frente por detrás dela.

Depois de alguns segundos eles ouviram o carro dando partida e saindo. Alguns segundos mais se passaram antes que Mandy dissesse:

– Essa foi por pouco!

– Então as almofadas são tão pesadas que as garotas tem problemas para segurá-las? – perguntou Tiago.

– Bem, foi melhor do que o que você disse – retrucou Mandy.

– Eu não disse nada – contestou Tiago.

Feliz Dia das Bruxas

– Foi o que eu quis dizer – replicou Mandy.

– O que eu quero saber – disse Sam mudando de assunto –, é como fazer a almofada baixar.

– Leia o livro – disse Mandy.

– Tiago disse que não havia nada nele – respondeu Sam.

– Leia a introdução dessa seção do livro – disse Mandy. – Olhe no índice. Levitação está sob o título de "Interagindo com objetos".

– Certo – retrucou Sam.

Sam passou os minutos seguintes lendo a introdução da seção, até alcançar o parágrafo sobre como terminar os feitiços.

– Aqui diz que alguns dos feitiços da seção exigem uma palavra adicional para completá-los – afirmou.

– É meio difícil de dizer. *Genimi? Denimi? Djenimi?*

Durante a última palavra, a almofada caiu do ar e o sofá que Tiago tentava inclinar, caiu no chão com um estrondo.

– Ufa! – exclamou. – Muito obrigado, Sam.

– Desculpe – disse Sam. – Mas pelo menos descobri como terminar o feitiço da levitação.

– Acho que basta de feitiços por hoje – disse Mandy.

– Eu não – retrucou Sam. – Estou vendo que a magia será muito divertida.

Hora do Espanto

– Mal posso esperar que a escola comece de novo – disse Tiago.

– Escola? Que tal fazermos levantamento de peso? – gritou Sam. – Você levanta os pesos e eu os levito, seremos famosos.

– Que tal futebol ou basquete? – disse Tiago.

– Brilhante! – os dois gritaram, dando altos vivas.

– Tudo para vocês é um jogo, não é? – disse Mandy.

– Não acha que poderia fazer algo bom com essa magia?

– Como o quê? – perguntou Sam.

– Que tal levantar árvores caídas de cima dos carros, pedras que caem nas minas, apagar incêndios.

– Apagar incêndios? – perguntou Sam, confusa.

– Você poderia levantar uma carga de água e jogá-la no fogo – disse Mandy, entediada. – Honestamente, se vai ser tão estúpida, você não deveria fazer magia.

– Olhe bem quem você está chamado de estúpida, eu poderia transformá-la em um sapo.

– Ou transformá-la de sapo em humana – disse Tiago com um sorriso maligno.

– Ora, cale a boca, Tiago.

– Ou você vai fazer o quê? – perguntou Tiago.

– Tiago, cale a boca!

Mandy pegou a almofada a atirou-a em Tiago.

Tiago se abaixou e a almofada voou na direção de um quadro pendurado na parede mais distante.

Feliz Dia das Bruxas

Enquanto isso, Sam tentava novamente o feitiço da levitação. Ela terminou de dizer *Avatar* no momento em que Mandy atirou a almofada. Apressada, Sam apontou o dedo para a almofada, que parou no meio do ar. Ela trouxe, com determinação, a almofada para perto, antes de rapidamente mover sua mão e apontá-la para o irmão. A almofada acertou Tiago, batendo nele no meio do caminho. Sam então balançou o braço no ar em círculos apontando para Mandy, enquanto ao mesmo tempo dizia: *djenimi*.

A almofada de repente voou, fora do controle de Sam pelo ar e bateu no rosto de Mandy.

– Parem de discutir vocês dois – disse Sam serenamente.

– Sam, se você alguma vez fizer isso de novo, eu pessoalmente devo... fazer alguma coisa realmente horrenda com você – disse Tiago.

– Eu também – concordou Mandy. – Honestamente, Sam, isso é tudo que você vai fazer com a magia?

– É, não é justo usar magia para fazer coisas assim – disse Tiago.

– Ok, acalmem-se – disse Sam. – Eu só estava brincando.

– Não gostei... – retrucou Mandy.

Sam passou o dia inteiro lendo coisas no livro de feitiço, mas também, assistiu à televisão com os irmãos. Veio a noite, e ela estava cansada de tudo que

Hora do Espanto

ocorreu durante o dia. Além disso, embora ela não pudesse explicar o motivo, ela sentiu que praticar magia a deixara muito cansada. Todavia, isso não a impediu de acordar nas primeiras horas da madrugada.

Para começar, Sam apenas ficou lá deitada imaginando o que teria a acordado. Um barulho, talvez? De repente ouviu uma tosse rouca em algum lugar à sua esquerda, perto da janela. Sam prendeu a respiração.

De repente, a voz que tossia disse: – Eu posso ver que você está acordada, Samanta. Eu tenho uma boa visão noturna, como você sabe.

– Quem é você? – perguntou Sam, tentando conter a tremedeira na voz.

– Eu vim visitar você, Samanta – retrucou a voz. – É sobre um encontro de todas as entidades sobrenaturais do país inteiro.

– O que é isso? – disse Sam.

– Vai acontecer aqui, nesta aldeia – respondeu a voz. – E agora que começou a praticar magia, você também terá o privilégio de assistir.

– Quando será? – perguntou Sam.

– Amanhã à noite na grande e velha casa abandonada no limite do prado da aldeia – retrucou a voz. – Estarão presentes apenas 100, há muito menos sobrenaturais no país do que você pensa, e alguns de nós somos fantasmas.

Feliz Dia das Bruxas

– Fantasmas?

– Sim, principalmente fantasmas de magos falecidos que escolheram permanecer na Terra – disse a voz. – Como eu.

O dono da voz deu um passo pra frente, revelando a figura semitransparente de um homem, vestindo o que parecia um manto. – Espero que você participe, Samanta – ele disse. – Em geral, é uma ocasião divertida e alguém jovem como você pode aprender muito.

– Sou uma feiticeira? – perguntou Sam.

– Certamente – retrucou o mago fantasmagórico –, com um potencial muito grande, se é que eu posso julgar.

Havia o som de murmúrios vindos da direção da cama de Mandy, quando Mandy se virou. Sam segurou a respiração por um segundo antes de relaxar novamente.

– Por que um evento como esse ocorrerá aqui, em uma cidade pequena como essa? – perguntou Sam.

– Bem... – disse o feiticeiro fantasmagórico. – Vários grandes magos saíram desta área e arredores, além disso, o encontro não ficará só na casa.

– Então, para onde irá? – retrucou Sam.

– Para onde nossa imaginação nos levar – disse o feiticeiro. – Mas o palestrante vai fazer a maioria dos feitiços de viagem.

Hora do Espanto

– Quem será o palestrante? – perguntou Sam.

– Um grande mago, líder de nossa classe – retrucou o feiticeiro. – Ninguém sabe o nome dele.

– Sobre o que é o encontro? – perguntou Sam.

– Um resumo dos últimos anos de alguns bruxos e bruxas, a demonstração de novos feitiços de nossos feiticeiros pesquisadores, e a apresentação de novos membros do clã.

– Não sei. Vou sair com a minha irmã e o meu irmão amanhã.

O feiticeiro se concentrou em alguma coisa por um momento antes de dizer:

– Você vai brincar de travessuras ou gostosuras? Este encontro é muito mais importante!

– Você leu a minha mente? – perguntou Sam.

– Não, eu não posso ler a mente de um feiticeiro, mas eu posso ler a de sua irmã.

– Eu posso fazer isso?

– Claro – retrucou o mago, mas isso requer prática.

– Como consegue se não usou palavras ou pedras mágicas?

– Pedras mágicas são usadas para fortalecer um feitiço, não são necessárias quando você é avançado na arte. E também, as palavras não precisam ser ditas quando sua mente é forte o suficiente para dizê-las mentalmente.

Feliz Dia das Bruxas

– De qualquer modo – disse Sam –, como eu disse, não tenho certeza se posso...

O mago a interrompeu nervosamente: – Você age como se tivesse escolha! Para praticar magia, você precisa fazer parte do clã, ou você não praticará mesmo.

– Como? – perguntou Sam.

– O clã detém as regras da magia que cada praticante deve aceitar. De outra forma, quem vai impedi-la de dominar o mundo?

– Entendo – disse Sam. – Terei que explicar isso para meus irmãos.

– Eles não devem saber! – gritou o mago.

– Eles já sabem sobre a minha magia.

O mago pareceu muito aborrecido.

– Muito bem, mas eles devem jurar segredo – retrucou o feiticeiro. – Isso é muito irregular, mas nós do clã não temos o hábito de apagar a mente das pessoas.

– Eles podem ser um tipo de... assistentes – sugeriu Sam.

– Isso parece bastante justo, a maioria de nós tem assistentes para nos ajudar com certos feitiços, eventualmente – disse o feiticeiro. – Mas eles não podem assistir ao encontro.

– Ok.

– Agora eu devo ir, o encontro começa às nove horas em ponto.

Hora do Espanto

– Não é à meia-noite?
– Por que seria à meia-noite?
– Ah! Não sei... Mas, como devo chamar você?
– O meu nome? Sou Cornelius Brown.
– Prazer em conhecê-lo, Cornelius Brown.
– O prazer foi todo meu – respondeu Cornelius.

Ele estralou os dedos e desapareceu, com um estouro.

Sam sentou em silêncio por alguns segundos, pensativa.

Capítulo 4
Apresentando Kate

Na manhã seguinte, Sam acordou cedo, apesar da noite turbulenta. Primeiro, apesar de saber que algo lhe tinha acontecido durante a noite, ela não conseguia relembrar o que era. Lentamente, lembrou o encontro com o feiticeiro. Será que aquilo foi um sonho? Afinal, tinha pensado muito em magia ontem, por ter encontrado o livro de feitiços e tê-los testados. Talvez aquilo fosse um sonho. Houve um suspiro vindo da cama de Mandy, quando ela acordou e sentou-se esfregando os olhos.

– Que sonho! – disse com voz de sono. Olhou para Sam e viu que ela estava acordada.

– Eu sonhei que você tinha aprendido a fazer magia, Sam.

Mandy deu umas risadinhas de si mesma, mostrando que ela ainda não tinha vínculo nenhum com a realidade depois de dormir.

– Eu aprendi – retrucou Sam. – Não foi um sonho.

– Há, há... – retrucou Mandy bocejando novamente.

– É verdade! – disse Sam.

– Ok! – retrucou Mandy. – O que aconteceu?

– Fiz uma ilusão de bola e levitei uma almofada – respondeu Sam.

Hora do Espanto

– Como você... – Mandy começou, antes de parar e olhar para Sam. – Isso realmente aconteceu?
– Sim – disse Sam. – Mas Mandy, tenho algo importante para lhe dizer.
– O que é? – perguntou Mandy.
– Alguém veio ao nosso quarto na noite passada...
– Quem?
– Deixe-me terminar; um feiticeiro fantasmagórico veio ao nosso quarto e disse que para continuar praticando magia eu tenho que me juntar ao clã.
– O que é o clã?
– Um tipo de... um tipo de grupo de todas as pessoas mágicas do país.
– Como se faz parte dele? – perguntou Mandy.
– Vou ao encontro anual deles.
– Quando é isso e onde?
– Esta noite, numa velha casa nos limites da aldeia.
– Você vai?
– Não tenho muita escolha, se quiser ser uma feiticeira.
– Mas isso não parece um pouco suspeito?
– Um pouco – retrucou Sam –, mas se é assim, por que o mago não me fez nada na noite passada?
– É verdade – disse Mandy. – Mas o encontro vai ocorrer em uma casa antiga.
– E daí?
– Você nunca viu os filmes de terror, quando eles vão para uma casa, a porta range e abre sozinha, e fantasmas saltam de lá?

Feliz Dia das Bruxas

– É, mas isso não acontece na vida real.

– Espero que você esteja certa.

– Sei que estou certa – disse Sam, embora estivesse com um sentimento de mau agouro. – Vamos lá, tomar o café da manhã.

Na cozinha, elas foram as primeiras a chegarem. As garotas prepararam seus cafés da manhã e foram para a sala de estar assistir televisão.

Uma hora depois, Tiago apareceu com seu café da manhã e sentou para comer na frente da televisão.

– O que vamos fazer hoje? – perguntou.

– Eu quero tentar mais daqueles feitiços – disse Sam.

– Conte a ele sobre a noite passada – disse Mandy.

– O que aconteceu na noite passada? – perguntou Tiago.

Sam contou-lhe sobre o encontro e todas as implicações de ser uma feiticeira.

– Você tem certeza de que quer isso? – ele perguntou.

– Claro! – Sam retrucou. – E como estaremos fora brincando de travessuras ou gostosuras, a mãe e o pai nunca saberão.

– Vamos com você então – disse Mandy.

– Não podem. Ele disse que vocês não poderiam.

– Você não pode ir sozinha!

– Posso e vou!

– O que vamos fazer?

Hora do Espanto

– Brincar de travessuras ou gostosuras.
– Quando o encontro vai acabar?
– Não sei, tarde, eu acho.
– O que diremos para a mãe e o pai?
– Não sei ainda.
– Eu sei o que você poderia fazer... – disse Tiago, lentamente.
– O quê? – perguntaram Sam e Mandy juntas.
– Bem, sabe aquele feitiço da ilusão que você fez?
– Sim?
– Você poderia fazer uma ilusão de você mesma que nos seguisse.
– Brilhante! – gritou Sam.
– Espere aí... – disse Mandy. – E se a mãe e o pai falarem com você?
– Não sei, e se eu a fizesse falar?
– Se você pode fazê-la falar, que tal tocar coisas?
– O que você quer dizer?
– Lembra o que aconteceu com a bola quando você a tocou? Ela desapareceu! – disse Mandy. – E se eles lhe pedissem para passar o sal na mesa de jantar ou coisa do tipo, e aí?
– Não sei se posso pegar coisas – retrucou Sam. – Mas a imagem desapareceu quando eu a toquei, talvez quando outra pessoa a tocar, não desapareça.
– Por que não tenta? – perguntou Tiago.
– Ok! – disse Sam. – Mas antes, cheque se eles ainda estão na cama.

Feliz Dia das Bruxas

Tiago foi até o quarto dos pais e ouviu à porta, silêncio total. Voltou para a sala.

– Sem barulhos, acho que estão dormindo.

– Certo, lá vai – disse Sam, puxando a bolsa de pedras do bolso. Ela ergueu a pedra vermelha da Runa da bolsa e prosseguiu, fazendo um pentágono no ar, enquanto dizia:

– *Addi, cysti, adonis, crytis, chi.*

– Bem lembrado – disse Tiago, impressionado.

Sam fechou os olhos e imaginou a si mesma. Lentamente uma imagem apareceu na frente dela. Parecia similar a Sam, mas:

– Sam, a mamãe e o papai vão saber que não é você – disse Mandy.

– Por quê? – perguntou Sam, abrindo os olhos.

– É tão... Não sei, tão perfeita.

– Perfeita?

– É provavelmente a imagem de você que você tem na cabeça, com todos os pontos ruins removidos, tente de novo.

Sam de repente notou um espelho alto, na parede.

Ela andou até ele e, focando no reflexo de si mesma, tentou novamente projetar sua própria ilusão. Lentamente, a ilusão desapareceu e reapareceu. Ela parecia exatamente com Sam.

– Pronto, eu fiz – disse enxugando o suor da testa.

– Está muito... bom! – disse Mandy gargalhando.

Hora do Espanto

– O que há de errado? – Sam perguntou.

– Nada, nada – retrucou Mandy. – É sua imagem perfeita no espelho.

– Então, por que está rindo?

– Não consegue ver? É uma imagem espelhada de você. É você ao contrário.

– Ao contrário?

– Bem, você é destra, certo? Bem, ela é canhota, você entende o que eu quero dizer?

De repente, Sam percebeu o que estava errado.
– Entendo, minha mente fez o que vi no espelho.

– Até que enfim ela entendeu – disse Tiago.

– Sinceramente, você é muito burra, Sam.

– Cuidado com isso, ou vou transformá-lo num sapo – disse Sam. – De qualquer modo, acho que sei o que fazer.

– O quê? – perguntou Mandy.

– Veja e aprenda.

Sam focou na ilusão que lentamente derreteu, antes de reaparecer novamente, dessa vez do lado certo.

– Sam, está tudo ótimo – disse Mandy. – Mas as costas estão erradas, não parece muito com você, tente mais uma vez.

Sam suspirou e parou de costas para o espelho e olhou para trás de si mesma.

– Não consigo ver a parte de trás da minha cabeça – disse.

Feliz Dia das Bruxas

– Deixa comigo – disse Mandy saindo da sala e voltando um minuto depois com um espelho portátil. Ela o entregou a Sam, que viu no reflexo a parte de trás de sua cabeça antes de voltar-se para a ilusão que estava parada no mesmo lugar, piscando ocasionalmente. Sam novamente imaginou sua própria imagem, depois de se concentrar por alguns segundos, até que a ilusão se mudasse novamente ficando quase igual a Sam.

– Pelo menos está certa – disse Mandy com alívio. – Mas posso tocá-la?

Mandy estendeu a mão para tocar a imagem, mas atravessou-a. Felizmente, a mesma não dissolveu como a bola quando Sam a tocou.

– Toque-a, Sam – disse Tiago, depois de sua tentativa.

Sam foi à frente e tocou a própria imagem. A imagem permaneceu a mesma.

– Acho que eu preciso realmente querer fazê-la desaparecer – disse. – Mas de qualquer modo, sou uma garota bem bonita, não?

– É, tanto faz – disse Mandy.

– Então, como você vai movê-la – perguntou Tiago.

– Eu sabia que você iria perguntar isso, e felizmente notei que há uma seção do livro de feitiços sobre animação – retrucou Sam. – Pode ser uma de duas coisas, um é uma seção sobre como fazer uma animação, ou dois, é uma seção sobre como animar objetos com magia.

Hora do Espanto

– Eu fico com a número um – disse Tiago.

– Bem, você ficaria, não é, Tiago? – retrucou Mandy. – Continue Sam, mostre-nos o feitiço.

Sam abriu o livro de feitiços na página correta e começou a ler o feitiço. Depois de um tempo ela disse:

– Há muitas variantes, mas a de que precisamos é aquela que explica como dar qualidades humanas a objetos.

– Você pode chamar uma ilusão de objeto? – perguntou Mandy.

– Aqui diz que você pode misturar feitiços até certo ponto, então, acho que eu poderia dizer que sim – continuou Sam.

– Continue – disse Mandy.

– Para mim, parece que o feitiço que dá qualidades humanas a objetos é bem avançado e, felizmente, você não precisa dos ingredientes.

– É um alívio – disse Tiago.

– Eu posso copiar minha personalidade para coisas também – continuou Sam –, o que significa que esta ilusão pode ser um clone perfeito de mim.

– Brilhante – disse Tiago, sarcástico. – Duas Samantas, eu não vou aguentar...

– Esse pensamento também me assusta – disse Mandy.

– Mas qual o problema, vá em frente, Sam.

Sam puxou a pedra azul de Pikez da bolsa e recolocou a pedra da Runa ao mesmo tempo. Ela dese-

Feliz Dia das Bruxas

nhou o pentágono, completou o feitiço e de repente a ilusão sacudiu, balançou a cabeça e disse:

– Não achei que isso fosse funcionar.

– Nem eu – disse Sam.

– Parabéns, Sam – retrucou o clone. – Manterei nossos pais fora do caminho enquanto você vai ao encontro hoje à noite.

– Obrigada – disse Sam.

– Não posso acreditar – disse Mandy. – Isto é incrível!

– Eu sei – disse Tiago. – Tenho a sensação de que isso se tornará um pesadelo, quero dizer, uma já é ruim o bastante, mas duas? Falei demais!

De repente, eles ouviram o som dos pais abrindo a porta.

– Rápido, livre-se do clone – cochichou Mandy.

– Você não vai se livrar de mim logo agora! – disse o clone de Sam. – Vou ficar mais um pouco.

– Então se esconda – disse Tiago.

O clone se escondeu atrás do sofá, pouco antes do pai entrar. Sam felizmente já tinha guardado o livro de feitiços e a bolsa de pedras nos bolsos da roupa.

– Bom-dia – disse o pai. – Alguém quer tomar alguma coisa?

– Sim, por favor, pai – disse Sam.

– E eu também – disse Tiago.

– Não quero nada, obrigada – disse Mandy.

Hora do Espanto

Enquanto o pai entrava na cozinha, o clone saía de trás do sofá.

– Eu não ganho nada? – perguntou.

– Não – disse Tiago –, você é uma ilusão.

– Não sou mais. Acho que eu existo.

– É verdade – disse Sam –, ninguém vai se livrar de mim.

– Mas ela realmente não é real – disse Mandy.

– Agora é – retrucou Sam –, embora um nome diferente não fosse ruim.

– Que tal Sam Número Dois – sugeriu Tiago.

– Que tal o meu nome do meio, Katerine? – disse o clone.

– Certo, então você é a Kate.

– Quer que eu faça uma ilusão de bebida para você, Kate? – perguntou Sam.

– Sim – disse Kate –, obrigada.

– Isso é tão esquisito – disse Mandy.

– Eu sei – retrucou Tiago.

– Bem, como você acha que isso é para mim? – perguntaram Sam e Kate juntas.

– Entendo o que dizem – disse Tiago.

– Você não pode me fazer parecer um pouco diferente amanhã? – perguntou Kate.

– Amanhã você vai embora... – disse Tiago.

– De jeito nenhum! – disse Kate.

– Diga isso para ela, Sam – disse Mandy. – Ela vai embora assim que você voltar do encontro.

Feliz Dia das Bruxas

– Eu? – perguntou Sam. – Eu vou mantê-la.

– Sim, e depois de nos aperfeiçoarmos nesse velho negócio de magia, talvez, você pudesse me fazer mais sólida.

– Com certeza – disse Sam.

– Não posso acreditar nisso – disse Mandy –, ela não pode ficar.

– Posso e vou – disse Kate.

– Tudo bem, se você insiste – disse Mandy. – E quanto a você, Tiago?

– Não podemos impedi-las. Então, que escolha temos?

– Onde ela vai ficar então? – perguntou Mandy.

– Em qualquer lugar – retrucou Kate.

– Qualquer lugar?

– Sim, numa caixa de fósforos, numa caixa de sapatos, numa gaveta.

– Se você está feliz com isso, então tudo bem – disse Mandy.

– Olhe – disse Sam saindo pela porta. – Vocês três entendam-se, preciso ir ao banheiro.

Apenas uns 30 segundos depois que Sam saiu da sala, o pai apareceu carregando dois copos.

– Aqui está – ele disse segurando um copo para Tiago. – E aqui está o seu, Sam.

O pai estendeu o copo para Kate. Kate foi pegar o copo quando se lembrou de que não poderia.

Hora do Espanto

– Eu, bem... Tenho que ir ao banheiro – ela disse, e rapidamente deixou a sala. – Deixe sobre a mesa.

O pai colocou o copo sobre a mesa, antes de sair de novo e retornar à sala dizendo:

– Seja rápida, Sam, eu preciso tomar banho.

– Certo, pai – disseram Sam e Kate juntas.

– Como você fez isso? – perguntou o pai, parando no batente da porta.

Houve silêncio enquanto Sam e Kate esperavam a outra responder.

– Sam?

Ela saiu do banheiro e o clone escondeu-se num canto. Sam pôs os dedos nos lábios e disse:

– O que foi, pai?

– Ah, nada – retrucou o pai. – Apenas soou como duas pessoas, só isso.

– O que você quis dizer com isso? – perguntou Sam inocentemente.

– Apenas soou como se... – começou ele antes de pensar melhor sobre isso e dizer: – Não importa.

– Certo, tanto faz – disse Sam indo para a sala, seguida de perto por Kate.

– Essa foi por pouco – disse Mandy.

– Com certeza, concordou Sam. – Não podemos deixar nada assim acontecer de novo. Precisamos tomar cuidado.

Ela virou-se para Kate.

Feliz Dia das Bruxas

– Quando a mãe ou o pai chamarem, não responda, Kate.

– Certo, certo – retrucou Kate. – Desculpe, força do hábito, continuo me esquecendo que agora me chamo Kate.

– Tudo bem, mas de qualquer forma, sobre hoje à noite, o que devemos fazer?

– Nós temos um plano, não temos? – disse Mandy.

– Kate finge ser você e você vai para seu encontro estúpido.

– Sim – disse Sam, ignorando o *estúpido*. – Mas lembre-se do que disse mais cedo sobre tocar coisas?

– Sim, mas o que podemos fazer?

– Talvez Kate consiga levitar coisas bem perto das mãos dela, fazendo parecer que está tocando as coisas.

– Mas Kate não pode tocar as pedras, como ela pode fazer os feitiços?

– Fazendo feitiços sem pedras.

– Mas você precisa das pedras – disse Mandy.

– Quem disse? – perguntou Sam.

– O livro.

– Na verdade o livro não diz – retrucou Sam. – Apenas enfatiza o perigo. Acho que as pedras estão ali apenas para dar força às palavras.

– O mago te disse isso, não disse?

– Ele talvez tenha...

– O que mais ele disse?

Hora do Espanto

– Ele disse que para fazer isso você deve estar avançado na arte e você também pode dizer mentalmente as palavras quando estiver bastante forte.

– Impossível! – disse Mandy.

– Por quê?

– Você só está fazendo magia há um dia, e dificilmente estaria em nível avançado.

– Calculo que eu conseguiria fazer isso hoje à noite, se praticarmos – retrucou Sam. – Além do mais, o mago disse que tenho potencial.

– Potencial sim, anos de experiência, não.

– Bem, eu acho que posso fazer isso.

– Se você diz...

– Eu digo, e sendo uma bruxa, minhas palavras têm poder, se digo, posso e consigo.

– Certo, Kate, vamos lá.

Capítulo 5
Esclarecendo o Caso

Então Sam e Kate começaram a praticar a magia da levitação. Elas decidiram fazer isso na privacidade do quarto das meninas, já que não queriam que os pais entrassem e vissem duas Samantas, uma delas praticando levitação.

Primeiro, elas praticaram levantar coisas sem a pedra de Pikez. Embora fosse uma força mental, tanto Kate como Sam estavam levantando coisas com cada vez menos esforço consciente, até que se sentiram prontas para fazer o feitiço sem pronunciar as palavras.

– Certo então, Kate – disse Sam. – Tente o feitiço sem dizer as palavras.

– Tudo bem, Sam – retrucou Kate, antes de fechar os olhos e dizer o feitiço para si mesma. Ela abriu os olhos e focou no CD sobre a cama de Sam, para onde apontou o dedo, mas nada aconteceu.

– *Djenimi* – ela disse, finalizando o feitiço, só para o caso de ele continuar ativo.

– Tente novamente, Kate.

– Certo.

Novamente Kate disse as palavras em sua cabeça *"Chelon, levita, greyshun, avatar"* e mais uma vez nada aconteceu.

Hora do Espanto

O CD permaneceu em cima da cama, exatamente no mesmo lugar.

– Que azar! – suspirou Kate.

– Devemos continuar tentando – disse Sam. – Deixe-me tentar.

Sam tentou da mesma maneira que Kate, afinal, elas eram a mesma pessoa, e nada aconteceu.

Depois de uma hora falhando nas tentativas, não tinham avançado quase nada. Na verdade, elas estavam muito cansadas.

– Preciso de comida – disse Sam. – Estou completamente exausta.

– Eu também – disse Kate. – O que temos para comer?

– Bem, Kate, como você sou eu, você deve saber que eu não sei o que comer e que, aliás, você não pode comer mesmo.

– O que devo fazer para adquirir um pouco de energia de volta?

– Posso tentar fazer uma ilusão de comida – sugeriu Sam.

– Será que isso vai funcionar?

– Eu fiz aquela bebida, não fiz?

– Sim, mas não sei se isso de fato me alimentou, ou coisa do gênero.

– O que você quer dizer?

Feliz Dia das Bruxas

– Eu apenas bebi a ilusão do gosto de uma bebida.
– Como você sabia disso e eu não? – perguntou Sam.
– Porque eu o bebi.
– Certo – disse Sam, não querendo prolongar ainda mais o problema. – Mas talvez eu possa fortalecer o feitiço, redizê-lo, ou qualquer coisa assim.
– Possivelmente – retrucou Kate. – Mas você também terá que fortalecer o feitiço da ilusão de comida para eu o comer com a área certa da mente, ou talvez você pudesse me dar ilusão de nutrição.
– Qualquer coisa que você precise para te dar energia, eu terei que comer antes – disse Sam. – Caso contrário, entrarei em colapso por exaustão.

Nesse momento, Tiago entrou.
– Oi! Vamos almoçar agora, Sam, você vem?
– Como você sabia quem é quem? – perguntou Sam.
– Porque... – começou Tiago. – Não sei, você pareceu mais real, eu acho.
– Mais real?
– Sim – retrucou Tiago, antes de subitamente perceber o que estava errado com Kate e dizer: – É porque ela é sutilmente transparente.
– Meu Deus, é mesmo! – disse Sam alarmada. – Você não estava assim mais cedo.
– Acho que toda a magia que fiz, me deixou exausta de um jeito diferente do que você ficou – disse Kate. – Aliás, acho que estou enfraquecendo o feitiço.

Hora do Espanto

– Olhe, acho que posso tentar outro feitiço – disse Sam. – Mas apenas com a pedra mágica.

Ela puxou a pedra da Runa da bolsa e preparou-se para o feitiço, enquanto Kate ficava mais e mais clara. Naquela hora, suas mãos já eram quase inexistentes.

– *Addi, cysti, adonis, crytis, chi* – disse Sam desenhando o pentágono no ar com a pedra. Ela olhou para o corpo de Kate que rapidamente desaparecia e desejou que ele ficasse aparentemente mais sólido.

– Rápido – gritou Kate –, posso sentir que estou indo...

Agora Kate quase já não podia ser vista e Sam brilhava de suor a testa, concentrada em fazer com que mais uma vez seu clone não fosse transparente. De repente, Kate parou de desaparecer e lentamente começou a voltar ao normal.

– Ufa! Achei que fosse um caso perdido – disse Kate.
– Obrigada, Sam.
– Você teria feito o mesmo.
– Eu sei, eu sou você.
– Sim – começou Sam. – Acho que as pedras mágicas estão aqui para que você use a energia delas em vez da sua.

– Profundo – disse Tiago, sarcástico. – Muito profundo e interessante, mas é hora do almoço, Sam.

Relutante, Sam saiu do quarto, deixando Kate praticando o feitiço da levitação, agora que ela tinha sua energia de volta.

Feliz Dia das Bruxas

Depois do almoço muito necessário, Sam voltou para o quarto, para encontrar Kate ainda tentando fazer o feitiço da levitação mentalmente.

– Sem sorte? – perguntou Sam.

– Sim – retrucou Kate. – É impossível, realmente é.

– É humilhante, pois teremos um problema se alguém quiser que você pegue alguma coisa.

– Eu sei.

Só então Tiago e Mandy entraram.

– Conseguiu fazer funcionar? – perguntou Mandy. – Estava morrendo de curiosidade para saber isso durante o almoço.

– Conseguimos fazer sem a pedra, mas não conseguimos fazer o feitiço sem falar.

– Eu disse... – comentou a irmã mais nova.

– Isso não ajuda, Mandy.

– Certo, mas eu sei o que você pode fazer de maneira que não precise ficar falando as palavras na sua cabeça.

– Kate não pode ficar falando o feitiço toda vez que tiver que segurar algo, mesmo se ela sussurrar, nossos pais vão notar.

– Eu disse para continuar fazendo o feitiço? – perguntou Mandy.

– Bem, o que mais há para fazer, então?

– Não continue fazendo o feitiço.

– Hein?

Hora do Espanto

– Diga o feitiço antes de você ir embora essa noite, mas não diga o encerramento do feitiço, *gemini* ou coisa do tipo, cada vez que quiser largar algo.

– Sabia que isso poderia funcionar – disse Sam.

– Entendo o que você quer dizer – disse o clone.

– Só tem um problema – ponderou Sam.

– O quê? – perguntou a irmã.

– Como você permite que alguém mais mova o objeto depois que ele está levitando?

– Fácil, com o feitiço já começado, basta encerrá-lo quando a mãe ou o pai quiserem a coisa. Eles não vão notar uma palavra – disse Mandy. – Quando eles saírem, ou quando você tiver um momento só, você pode dizer as palavras de novo até a próxima vez que precisar delas.

– Brilhante ideia – disse Kate. – Só a minha irmã poderia vir com um plano tão estupidamente brilhante.

– Tudo bem, tudo bem, Kate, não precisa exagerar.

– Venha, Kate, vamos praticar agora – disse Sam. – Pegue o CD como você normalmente o pegaria.

– Ok! Vamos ver se consigo... – retrucou Kate, – *Chelon, levita, greyshun, avatar.*

Ela inclinou-se para frente e pôs as mãos ao redor do CD de maneira que parecesse que ela estivesse carregando-o. Tinha a mão posicionada de maneira que seu indicador estivesse apontando para o objeto. Kate levantou a mão, com o CD aparentemente agarrado nela. Ela moveu a mão para longe e deixou o CD flutuando no ar.

Feliz Dia das Bruxas

– Muito bem, Kate – disse Tiago –, pareceu quase real.

– Isso foi um gracejo? – perguntou Kate.

– O quê? Quem? Eu? – perguntou o menino inocentemente. – Claro que não.

– O livro diz que apenas a pessoa que faz o feitiço pode terminá-lo – disse Kate.

– E se a pessoa que faz o feitiço for a mesma pessoa que o estiver terminando? – perguntou Sam.

– Certo, então vá em frente e diga.

– *Djenimi* – disse Sam.

O CD oscilou no ar e balançou violentamente e o plástico começou a quebrar e estilhaçar-se em lascas que começavam a balançar e oscilar por si mesmas enquanto continuavam suspensas em pleno ar.

– Você confundiu o feitiço ou coisa assim – gritou Mandy.

– Kate, diga a palavra, rápido!

– *Denimi*, não *djemini*, desculpe, *djenimi*!

De repente, o despedaçado CD parou de balançar e caiu, e os fragmentos dele voaram em todas as direções. Felizmente, todos, exceto Kate, tinham deitado atrás da cama de Sam, evitando serem metralhados por plástico.

– Bem, agora eu sei que não se deve fazer isso de novo – disse Sam. – Sorte que não fizemos isso acidentalmente hoje mais cedo.

Hora do Espanto

– Gostaria de saber por que o feitiço aconteceu assim – disse Kate. – Mandy disse que nós o confundimos, talvez porque o som de sua voz seja o mesmo da minha, o feitiço respondeu, mas acabei trocando a mágica.

De qualquer forma, vamos torcer para que não aconteça de novo – disse Sam. – Talvez depois eu possa mudar a sua voz ou coisa do tipo...

– Possivelmente... embora eu goste da minha voz – disse Kate.

– Não seria a mesma coisa com outro som no tom de voz.

– Talvez você também queira mudar a sua aparência – sugeriu Sam. – Afinal, é muito parecida com a minha, e é estranho falar comigo mesma.

– De jeito nenhum – retrucou Kate. – Não poderia suportar parecer outra pessoa.

– Faça como quiser – disse Sam. – De qualquer modo é melhor continuar praticando pegar as coisas.

O resto da tarde foi gasto praticando o feitiço para que parecesse que ela estivesse segurando coisas, até que Kate transformou isso em arte. Seus pais tinham saído para uma volta pela aldeia, então nenhum tumulto lhes tirava a atenção.

Pelas sete horas, os pais já tinham voltado e o jantar já estava pronto. Depois do jantar Sam, Mandy, Tiago e Kate estavam se preparando para sair e brincar de

Feliz Dia das Bruxas

travessuras ou gostosuras. O plano era os quatro brincarem por uma hora, enquanto faziam o caminho para o prado da aldeia e para a casa onde o encontro deveria acontecer. Quando Sam fosse, o plano era que Kate, Mandy e Tiago continuassem brincando, e fossem para casa, onde Kate fingiria ser Sam. Se o plano ocorresse bem, Sam entraria mais tarde pela janela.

Sam e os irmãos gêmeos saíram pela porta da frente, enquanto Kate saiu sem ser vista pela parede do quarto das meninas. Sam e os irmãos encontraram o clone, um pouco à frente na estrada. Sam e Kate agora plenamente capazes de fazer levitação, estavam pensando em algumas boas travessuras que elas poderiam fazer, como levitar a peruca da cabeça das pessoas e levantar gnomos de jardim para o topo dos telhados.

Os três começaram a brincar as oito e dez.

Enquanto suas bolsas se enchiam, o tempo passava mais e mais, aproximando-se das nove horas. Até cinco minutos antes das nove horas, eles ficaram do lado de fora da casa, que parecia deserta. As janelas eram escuras e pareciam absorver a luz das lâmpadas da rua em vez de refleti-las. Mandy, Tiago e Kate observaram Sam enquanto ela andava pelo longo e crescente caminho para a assombrosa porta da frente.

Hora do Espanto

– Tem certeza de que é esta a casa? – sussurrou Mandy para Kate.

– Sim, é a única que se encaixa na descrição – retrucou Kate.

Os três esperaram no portão e observavam Sam enquanto ela puxava o batedor de porta, mas a porta abriu-se visivelmente sozinha. Eles a viram entrar antes da porta fechar-se por trás dela.

– É isso! – disse Tiago. – Não há nada a fazer agora.

– Vamos esperar um pouco aqui – disse Mandy.

– Certo – concordou Kate.

Os três esperaram perto do portão por cinco minutos, mas nada aconteceu.

– Eu acho que devemos ir agora – disse Kate. – Não consigo ver nada acontecendo.

– Certo – retrucou Mandy relutante. – Vamos continuar a brincar de travessuras ou gostosuras.

Os três foram brincar de novo, mas eles só pensavam naquilo, sentindo que estavam perdendo a verdadeira diversão.

– Sam tem sorte de ser mágica – disse Tiago. – Gostaria de ser também.

– É um maravilhoso dom para se ter – concordou Kate. – Mas não fique muito chateado com isso, Sam tem que ir a esses encontros e coisas do tipo.

– Bem, acho que eu também iria – disse Tiago. – Se eu tivesse a chance de fazer mágicas.

Feliz Dia das Bruxas

– Como é o poder de fazer magia, Kate? – perguntou Mandy.

– Brilhante, absolutamente fantástico – retrucou Kate. – Mas eu ainda preferia ser capaz de tocar as coisas.

– O que você quer dizer com ainda? – perguntou Mandy. – Você nunca foi capaz de tocar.

– Continuo sendo a Sam. Eu tenho as mesmas memórias que ela, até o momento em que ela me fez. Parece que de repente eu me separei de Sam e me tornei uma pessoa diferente.

– Como você consegue lidar com isso? – perguntou Mandy.

– Nem é tão ruim, ainda posso tocar ilusões e coisas do tipo e, um dia, ainda me farei sólida.

– Vamos lá – disse Tiago. – Aqui temos outra casa para ir.

E assim os três continuaram com travessuras ou gostosuras até que finalmente fossem para casa um pouco depois das dez horas.

Capítulo 6
O Mago

Sam ouviu a porta fechando atrás dela. O silêncio era total, exceto pelo estalar da madeira da casa. Estava escuro feito piche ao redor de Sam e a luz que vinha das janelas mal iluminava qualquer coisa. Atrás dela, Sam começou a perceber o som regular de respirações fundas. De repente, uma mão pousou sobre seus ombros. Sam grunhiu e virou-se pulando para trás. Ela bateu em outra figura, que tentava agarrá-la. Então soltou-se e pulou para frente novamente, nos braços da primeira figura que já a esperavam. Em tudo a volta, havia o som de figuras não visíveis subindo caoticamente o largo corredor. Havia o som de muitas vozes gritando e chorando antes que Sam ouvisse alguém gritar:

– Para que o pranto cresça, alguém faça com que a luz apareça!

Rapidamente um brilho embaçado iluminou o corredor, onde estavam amontoadas cerca de 100 pessoas, muitas vestidas com mantos. Assim que a luz apareceu todos se acalmaram um pouco. A pessoa que colocara a mão sobre seu ombro era o mago da noite anterior, Cornelius Brown.

Feliz Dia das Bruxas

– Ah, jovem Samanta – ele sorriu radiante. – Criando um pequeno tumulto, como posso ver.

– Desculpe-me – retrucou Sam. – Fiquei um pouco assustada com o quão assombrado é este lugar. Por que estamos todos esperando no escuro?

– Estamos esperando o líder do clã, que vai destravar as portas para entrarmos na sala de cinco lados.

– Você não pode abrir as portas com magia? – perguntou Sam.

– É por causa da tradição, jovem feiticeira – ele disse. – E porque elas estão protegidas pelos mais fortes e impenetráveis feitiços conhecidos por todos os magos.

– Alguém se livre da luz! – disse alguém. – Vocês sabem que ele gosta que nós o esperemos na escuridão.

– Santa aflição, sim! – disse o mago que tinha feito o feitiço da luz. Ele ondulou as mãos no ar e a luz minguou, deixando o local completamente escuro novamente.

A sala aguardou em silêncio antes de subitamente uma forte voz ecoante bradar para o grupo reunido: – Bem-vindos novamente, para o 1500º encontro anual do clã. Como a maioria de vocês sabe, eu, o líder do clã, devo resumir as conquistas do nosso grupo no último ano, bem como apresentar a agenda do ano vindouro. Além disso, devemos fazer o passeio pelas cinco dimensões mágicas e apresentar os novos membros ao clã. Por favor, dirijam-se para a sala de cinco lados e sentem-se.

Hora do Espanto

Os 100, ou tantos magos, começaram a preencher a sala, vagamente iluminada por velas, que possuía uma velha mesa de madeira de cinco lados que corriam paralelos às paredes. A mesa não era sólida em toda sua extensão, mas, mais que isso, formava a linha externa de um pentágono e Sam começava a imaginar se o número cinco tinha algum significado especial para essas pessoas. Ela seguiu Cornelius Brown até seu assento. Cornelius apontou para Sam sentar-se perto dele e ela o fez. A mesa estava preparada para um magnífico banquete e a prataria era abundante. No espaço no meio dos cinco lados da mesa, havia outra mesa, também com cinco lados, com todo tipo de comida. Sam imaginava como um cômodo tão grande, e de forma tão esquisita, poderia existir em uma casa que embora ampla, não parecia grande o suficiente para acomodá-la. Ela cutucou Cornelius, esquecendo-se de que ele era um fantasma. Não obstante, Sam sentiu seu cotovelo tocar a imagem fantasmagórica, que se virou para ela.

– Você quer alguma coisa, Samanta? – ele perguntou.

– Sim – retrucou. – Não entendo como um cômodo tão grande pode caber nesta casa. São duas vezes maior que o piso térreo, e o forro do teto parece tão alto quanto a própria casa em si.

– Ah – retrucou Cornelius –, o que você está testemunhando é a manipulação dimensional de Heindelburg.

Feliz Dia das Bruxas

– Magia? – perguntou Sam.

– Claro – disse o mago.

– Não acredito que não pensei nisso – disse Sam –, afinal de contas, é um encontro de magia.

Ela sentou na macia e confortável cadeira, olhando pela sala, para todos os membros do clã. Eles variavam de fantasmas a pessoas vivas, mas todos com a habilidade comum da magia. Ela gostaria de saber quem serviria a comida, que continuava sobre a mesa central.

De repente, por uma porta diferente daquela pela qual os membros do clã entraram, veio uma figura alta, vestida de preto, com uma máscara branca ocultando a face. Ela tomou seu lugar na ponta superior da mesa pentagonal e anunciou na mesma voz estrondosa que Sam ouvira no corredor:

– O jantar será servido em breve. Aproveitem a refeição, membros do clã, antes de começarmos com o primeiro item da agenda da noite, que é o resumo dos feitos do ano, com diversas contribuições de outros membros, seguido pelos eventos do ano que vem. A segunda parte da agenda são as boas-vindas aos novos membros, em seguida, o passeio pelas cinco dimensões mágicas, onde devemos nos lembrar mais uma vez do verdadeiro espírito da magia. Então, aproveitem a suntuosa refeição.

Hora do Espanto

Da mesa de comida, as enormes louças e pratos, subitamente, levantaram no ar, dividindo-se em cinco grupos que consistiam da mesma seleção de comida, e flutuaram pelos pontos da mesa principal, movendo-se de um em um em sentido horário. Enquanto elas paravam em cada pessoa, amontoavam as diferentes comidas do cardápio no prato, e quando terminavam, as louças e os pratos se moviam. Algumas pessoas até colocavam a comida em seus pratos usando magia. Antes que as comidas de seu lado da mesa os alcançassem, Cornelius Brown sussurrou para Sam: – Falando nisso, antes de você sequer pensar em colocar a comida no prato usando magia, lembre-se de que isso só é atendido quando realmente as palavras são pronunciadas e as únicas pessoas que conseguem fazê-lo são as suficientemente experientes para levitar sem dizer as palavras.

– Obrigada por me dizer – disse Sam.

Enquanto a procissão se aproximava da menina, Cornelius encheu seu prato antes, usando magia. Logo, era a vez de Sam. Ela encheu o prato, embora tivesse jantado apenas algumas horas antes, e começou a afundar-se na comida.

Às dez e meia, o líder anunciou o final da refeição. Ele estralou os dedos e a magnífica refeição desapareceu, deixando a madeira da mesa descoberta, ex-

Feliz Dia das Bruxas

ceto por algumas velas movendo-se ao longo de sua extensão. A mesa central também se limpou e, acima dela, de repente, apareceu um globo branco opaco que começou a formar uma imagem em movimento.

– Na retrospectiva do ano passado – começou o líder –, podemos ver que o senhor Jackson Jones finalmente se livrou da criatura que habitava seu celeiro, usando o próprio feitiço, o Feitiço Jackson Jones Rompedor de Celeiro. Infelizmente, ele teve de usar o feitiço Goldenstein de Limpeza Instantânea logo depois, já que não conseguiu um ajuste perfeito de seu feitiço.

Ao redor da sala, ouviram-se educados risos e Sam sentiu que tinha sido deixada de fora de alguma grande piada.

– Agora, falando sério, Jackson merece elogios por ter inventado seu próprio feitiço. Tenho certeza de que vocês todos já tiveram algum tipo de monstro persistente vivendo na sua casa, e sei que vocês têm consciência do problema desses monstros ficarem cada vez mais resistentes aos atuais feitiços ofensivos. Sendo assim, uma nova forma de controlar os monstros é bem-vinda.

Assim que tivermos testado o Rompedor de Celeiro de Jackson Jones, estaremos atualizando os seus livros de feitiços.

Sam ouvia enquanto o líder continuava falando sobre feitiços que rompiam as defesas inimigas e as façanhas do ano passado. O líder então começou a falar da agenda do ano seguinte e os alvos que teriam que alcançar. Enquanto o mestre falava, o globo se atualizava para mostrar as imagens daquilo que ele descrevia: – Nos últimos séculos, novos membros vêm sendo menos frequentes, então quando um novo membro realmente entra, é motivo para celebração. Deixem-me dar as boas-vindas à Samanta ao clã.

Os membros atuais aplaudiram educadamente, enquanto Sam era subitamente iluminada por um círculo de luz, já que havia um holofote sobre ela.

– Tenho certeza de que você se tornará uma valiosa parte do clã – afirmou o líder. – E Samanta já vem se mostrando como uma promessa, mantenham seus olhos nela!

A luz apagou e o mestre continuou.

– Agora que vocês conheceram Samanta, é hora de revisitar as cinco dimensões mágicas.

O líder estralou os dedos e, de repente, a cena desapareceu, mas em vez de aparecer em algum estranho novo mundo, Sam permaneceu no mesmo lugar, mas sem o resto do clã por lá. A mesa tinha sumido, substituída por uma pesada jaula de ferro que cercava Sam completamente, tanto acima como abaixo dela. O líder continuava onde estava antes e Cornelius também permanecia do lado de fora da jaula em que Sam estava.

Feliz Dia das Bruxas

– Parece que a jovem feiticeira caiu na nossa armadilha – tagarelou o líder. – Ela caiu mais facilmente do que eu imaginava.

– Parabéns – disse Cornelius. – Com os poderes dela, poderemos fazer o que desejarmos de novo.

– A armadilha do livro de feitiços foi muito esperta – disse o líder numa voz não mais estridente. – Nem mesmo necessitamos recorrer a outros meios para capturar nosso pequeno prêmio.

– O que está havendo? – suplicou Sam.

– Você é nossa prisioneira – disse o líder. – Nós vamos usar os seus dons mágicos para nossos próprios propósitos.

– Mas achei que você tivesse magia suficiente! – disse Sam.

– Sim, mas quanto mais nova, mais poderosa é a magia, embora, infelizmente você não saiba como usar isso. Mas nós sabemos, e é o que temos feito esse tempo todo – retrucou o líder. – Agora que temos você no bolso, podemos fazer o que quisermos – disse Cornelius. – E você não tem poderes para nos impedir.

– Particularmente, me agrada o fato de que você não tentou os feitiços com ingredientes – disse o líder. – Eles teriam funcionado, entretanto, você não precisa de coisas como ingredientes para fazer feitiços, apenas conhecimento.

Hora do Espanto

– Então por que incluir esses feitiços? – perguntou Sam.

– Para fazer você se sentir mal sobre si mesma depois de tudo, sabendo que tinha todo aquele poder à sua disposição e você não o usou – e o líder gargalhou, maligno.

– Se você não é o líder do clã – disse Sam –, quem é você?

– Ah, mas eu sou o líder do clã, mas o clã não é o grupo legal que você conheceu – retrucou o líder. – Não, o clã é um grupo de viciados e malignos feiticeiros que há muito tempo liquidou todos os bruxos bons.

– Então, por que vocês não governam o mundo? – perguntou Sam.

– Porque nosso poder é muito fraco comparado com o que uma vez foi na época que todos os bruxos e bruxas bons foram derrotados. Nós não tínhamos mais poderes suficientes para dominar o mundo – disse o líder.

– Decidimos então ficar escondidos até que outra poderosa noviça viesse de maneira que pudesse ser manipulada por nós. Esperamos séculos para encontrar outra pessoa que tivesse o potencial para ser não só um mago ou feiticeira, mas um dos poderosos.

– Séculos? – perguntou Sam. – Quantos anos vocês tem?

Feliz Dia das Bruxas

– Com a idade, você esquece algumas coisas – disse o bruxo velho. – Mas lhe garanto que sou velho.

– Como então vocês derrotaram os bruxos bons? – perguntou.

– Usamos a lei contra eles e os revelamos como bruxos. Eram centenas e foram mortos por dinheiro, que nós pagávamos.

– E como vocês não foram caçados? – indagou Sam.

– Porque os bruxos e bruxas bons nunca abusavam da magia, e só fazem o bem com ela. Por outro lado, nós alcançamos posições de poder e ficamos a salvo.

– E o que vocês vão fazer comigo agora? – perguntou a menina.

– Vou deixar você na mais escura e úmida masmorra que encontrar, onde sugarei todo poder que você tem até que ele acabe. Depois vou matar você lenta e dolorosamente.

– E nem pense em escapar – bradou Cornelius. – Você está em uma jaula magicamente protegida. Não pode escapar!

– E, agora, devo levá-la à minha masmorra – tagarelou o líder. Ele estralou os dedos, mas em vez da jaula de súbito virar magicamente uma masmorra, as sombras ao redor da sala de repente animaram-se, conforme as criaturas das sombras riam e gargalhavam malignamente, e escoavam lentamente pela jaula. Elas eram quase humanas na forma, mas total-

Hora do Espanto

mente pretas e pareciam bidimensionais. A única cor delas eram os ardentes olhos vermelhos, que brilhavam malévolos como brasas fumegantes. Enquanto levantavam a jaula, ainda gargalhando e tagarelando malignamente, o líder gritou:

— Finalmente, nossos séculos de espera acabaram! Agora podemos, pela primeira vez, libertar nosso poder sobre o mundo e ninguém poderá nos deter, ninguém! Samanta, bruxa novata, observe meu clã de bruxos das trevas beber do seu poder, com você incapaz de nos controlar, nem mesmo um pouquinho.

— Você nunca vai conseguir e sabe disso! — gritou Sam. — Você nunca dominará o mundo se eu puder evitar.

— Ah, mas você não pode, então eu dominarei o mundo e todos nele, vocês todos serão meus escravos! — gritou o mago. — E quando controlar as pessoas, eu escolherei a dedo meus aprendizes de maneira que nada possa nos deter!

— E o que vai acontecer quando você tiver todo esse poder? — perguntou Sam. — Além de eu morrer dolorosamente nos anos vindouros, enquanto meu poder se esvai...

— Você continuará alimentando-me com seu poder, de modo que eu nunca seja superado por bruxos jovens ávidos por derrotar-me com seus poderes

Feliz Dia das Bruxas

– retrucou o líder. – E você também será meu exemplo do que acontecerá com quem me desobedecer.

A menina foi levada para o corredor, carregada em sua jaula pelas pessoas das sombras. Carregaram-na por uma outra porta que levava a um porão. Então, lembrou-se de que o líder mencionara uma masmorra escura e úmida, e suspirou profundamente. Ela não conseguia ver nenhuma forma de escapar, enquanto estivesse na jaula que era carregada por alguns degraus de pedra molhada para um quarto muito escuro. Para Sam, a jaula parecia ser carregada por corredores invisíveis, durante muito tempo, o que significava que ela seria levada ao calabouço apropriado, não para uma cela imunda. Ela reconheceu que a masmorra espalhava-se por uma boa parte da aldeia, pela distância que pareceu ser percorrida. Subitamente, fizeram uma parada enquanto Sam caía sem cerimônia no chão e as falantes pessoas das sombras saíam de cena, seus risos ecoando pelos corredores. A jovem bruxa estava sozinha e no escuro. Ela tentou elaborar um plano de fuga, mas não conseguia imaginar como poderia passar através das grossas e magicamente protegidas barras da jaula.

Capítulo 7
A Fuga

Depois de apenas alguns minutos, a escuridão pareceu envolver Sam e ela começou a imaginar coisas na escuridão fora da jaula, indizíveis horrores à espreita, esperando para avançar a qualquer minuto. Finalmente, não conseguiu mais aguentar.

– *Addi, cysti, adonis, crytis, chi* – gritou dizendo o feitiço da ilusão. Ela se concentrou até que uma suave bola de luz brilhante surgiu sobre a jaula e iluminou o calabouço ao redor com uma fria luz branca. Sam olhou em volta e estremeceu. As paredes estavam cercadas de um grosso limo verde, que escorregava para o chão e se acumulava em poças lamacentas. Ratos do tamanho de cães passeavam pelo chão coberto de esqueletos de camundongos mortos e lodo. A distância, no final de um dos muitos corredores, Sam podia ver outra jaula, contendo esqueletos humanos amontoados no interior, com as mãos ainda agarradas às barras, como se ainda tivessem esperança de escapar da prisão. Sam desejou não ter criado a luz, mas agora não queria apagá-la, pois sabia que sua imaginação iria lhe pregar peças, dizendo-lhe que existiam ruídos fora da jaula que não estavam de fato lá.

Feliz Dia das Bruxas

Ela teria que bolar um plano, ou passaria a eternidade ali, enlouquecendo de solidão e terror. As horas passavam lentamente até que, de repente, Sam pensou em uma coisa estupidamente simples que não conseguia acreditar não ter pensado antes. Ela poderia criar outro clone de si mesma, ou usar a Kate, projetando sua imagem na frente dela, e movendo Kate de onde quer que ela estivesse para lá, agora.

Sam fechou os olhos e concentrou-se por alguns segundos, manipulando o feitiço que tinha criado Kate que continuava ativo mesmo depois de tantas horas. De repente, houve um breve grito com o som da voz de Sam. Sam abriu os olhos.

– Psiu! – ela disse.

– Onde estou? – gritou Kate. – E o que você está fazendo nessa jaula, Sam?

– Serei breve! – disse Sam. – Mas, basicamente, o clã era tudo uma enganação, o encontro era uma ilusão e lá pela metade acabou. Eu estava nesta jaula à prova de magia e o verdadeiro clã se mostrou, consistindo de risadinhas sórdidas, aparentemente feitas de sombras. O líder me quer pelos meus poderes mágicos, pois aparentemente está perdendo os dele enquanto envelhece.

– Uau! – disse Kate. – Você é realmente fácil de enganar, Sam.

Hora do Espanto

– Tanto quanto você – retrucou Sam.

– Então, como vim parar aqui?

– Eu te trouxe aqui, pois ainda esperava que você trouxesse o livro de feitiços.

– Desculpe-me, você devia ter pedido – disse Kate, meio jocosa. – Então, o que quer que eu faça?

– Eu mandarei você para casa por 15 minutos, para encontrar um feitiço apropriado, e levito você para cá de novo.

– Certo – concordou Kate. – Encontrarei alguma coisa.

Sam fechou os olhos e se concentrou em colocar Kate de volta na cabana, em seu quarto, e quando abriu os olhos novamente, Kate tinha ido.

Os 15 minutos seguintes pareceram ser os minutos mais lentos de toda história de 15 minutos que Sam já havia experimentado. O esqueleto na jaula estava realmente começando a incomodá-la, e quando virou de costas para ele, pôde sentir que o mesmo olhava para ela. Era apenas imaginação, ela dizia para si mesma olhando para o relógio novamente. Ela virou para dar mais olhada no esqueleto, mas para sua surpresa e horror, ele tinha sumido, a jaula estava vazia.

Ainda havia cinco minutos restantes para que Kate voltasse, e Sam teve vontade de trazê-la de novo agora. Resolveu fazer isso e torceu para que seu clone tivesse encontrado o feitiço certo. Ela tentou concentrar-se com

Feliz Dia das Bruxas

os olhos arregalados para trazer Kate de volta, mas não conseguiu, ela estava muito tensa e muito nervosa para se concentrar. Ouvindo um som de clique ecoando, semelhante ao que Sam imaginava que o esqueleto faria ao andar, pois deveria estar andando pela masmorra, Sam decidiu pronunciar as palavras do feitiço da levitação, só para o caso de alguma coisa acontecer. O clique ficava mais e mais alto, e Sam não sabia de onde vinha. Ela girou ao redor de si mesma várias vezes, procurando pelo esqueleto se aproximando, mas não conseguia vê-lo. Parou de girar e recuperou o equilíbrio quando o clique cessou e uma voz logo atrás dela falou:

– Procurando por mim?

Ela virou-se para ver que o esqueleto do calabouço distante estava bem atrás dela, na mesma jaula.

– Arre! – a menina gritou apontando o dedo para o esqueleto, levantando-o para o topo da jaula, usando o feitiço felizmente já preparado.

– Como fez isso? – perguntou Sam.

O esqueleto, embora incapaz de fazer expressões faciais, parecia chocado.

– Ponha-me no chão! Ponha-me no chão! – ele gritava. – Você é louca, ponha-me no chão!

– Não até você explicar quem é, porque está na minha jaula e como entrou aqui!

– Eu sou um prisioneiro, como você! – retrucou freneticamente. – Fui deixado aqui para morrer por

Hora do Espanto

ser o último bruxo bom vivo, e usei um pouco de minha magia para manter-me vivo, mas não consegui impedir meu corpo de apodrecer, restando apenas meu esqueleto.

– Continue – disse Sam. – Por que está na minha jaula?

– Você é a primeira criatura que vejo há séculos que não é um ser das sombras. Não quis te assustar.

– E como entrou? – perguntou Sam.

– Durante séculos treinei como escapar da jaula, derrotando feitiços de proteção – retrucou o esqueleto. – Mas até hoje, não fui capaz de derrotá-los por não ter mais magia suficiente.

– Então, você entrou na minha – disse Sam. – Por que cada bruxo talentoso que eu conheço quer um pouco da minha magia?

– Se você realmente quer uma reposta para isso, então é porque você é uma das últimas jovens bruxas restantes, pelo que pude sentir do mundo exterior no decorrer dos anos – retrucou o esquelético mago. – Além disso, você torna mais fácil para outros bruxos usar seus poderes já que não os controla devidamente, transformando-a numa espécie de farol mágico.

– Como controlo o poder então? – perguntou Sam.

– Você precisa ser ensinada – retrucou o mago. – Eu posso ajudá-la assim que tiver um novo corpo.

Feliz Dia das Bruxas

– Como vai fazer isso? – perguntou Sam.

– Ó céus, você é nova nisso, não é mesmo? – murmurou o mago. – Vou ensiná-la.

– Só faço magia há alguns dias – disse Sam.

– Alguns dias? – perguntou o mago surpreso. – Então você é realmente poderosa, não deveria ainda dominar a levitação, mesmo com alguém ensinando, até pelo menos muitos meses de prática.

– Quanto tempo então vou levar para criar um novo corpo? – perguntou Sam, com um toque de orgulho na voz.

– Quanto tempo vai levar para me colocar no chão de novo? – perguntou o esqueleto.

– Ah, sim, claro! – disse Sam. – *Djenimi!*

O mago caiu no chão com um estampido medonho, como um chocalho de ossos e metal.

– Eu devia tê-lo abaixado antes? – perguntou Sam.

– Sim – retrucou o mago trêmulo. – Acho que devia...

Enquanto o mago se levantava, Sam já podia ver a carne crescendo de volta e os órgãos do mago crescendo dentro de sua caixa torácica. Uma rede de veias e artérias cresceu, ligando-se ao agora pulsante coração. Sam virou-se com desgosto, essa talvez fora a coisa mais repulsiva que já vira na vida.

– Pode se virar agora – disse o mago.

Sam virou-se temendo o que poderia ver. O mago parecia ter uns 60 anos, com cabelos grisalhos e uma

Hora do Espanto

longa e fluida barba. Felizmente, ele também havia criado um manto para cobrir o corpo recentemente reconstruído.

– Sabe, eu costumava liderar os bruxos e bruxas bons – disse o mago, – até que a caça às bruxas começou e os bruxos bons pereceram nas mãos dos caçadores, pagos, ironicamente, pelos bruxos malvados.

– Qual o seu nome? – perguntou Sam.

– Henry – respondeu o mago –, Henry Balcombe.

– Bem, Henry, se importaria de me tirar desta jaula?

– Eu quebrei os feitiços dela, pode fazer o que quiser para sair.

– Como você entrou?

– Eu me teletransportei.

– Teletransportou?

– Sim, eu me teletransportei para dentro da jaula.

– Acho que vou apenas curvar as barras – disse Sam.

– Vá em frente, então. Mas seja rápida.

Sam disse as palavras do feitiço da levitação, pensando com ela mesma o quão útil elas tinham se tornado, e apontou as barras da jaula. Ela moveu o braço para a direita e torceu as barras para trás, depois apontou para a barra adjacente e moveu o braço para a esquerda, deixando um vão entre as duas barras, grande o suficiente para ela passar apertada.

– Certo, e agora? – perguntou Sam.

– Nós nos teletransportamos para cima – disse Henry.

Feliz Dia das Bruxas

– Então, como eu me teletransporto?

– Diga: *telepi, juanetti, ourteri* e imagine aonde você quer ir, fora dessa casa horr...

De repente, o mago desapareceu no meio da frase, deixando Sam sozinha no calabouço. O que foi que ela devia dizer? Certo, ela sabia.

– *Telepi, juanetti, outeri* – ela disse, imaginando estar no lado fora comum da casa. Enquanto sentia o calabouço esvair-se dela, ouviu a respiração do líder, quando ele virou no corredor e a viu desaparecendo.

De repente, Sam estava do lado de fora, a uns 20 metros da casa. Ela viu Henry olhando ao redor, procurando por ela ali fora.

– Ele me viu – gritou Sam. – Temos que fugir!

– Para onde? – perguntou Henry olhando ao redor.

– Qualquer lugar! – berrou Sam.

Ela correu na direção do bruxo e os dois escaparam.

– Se tivermos sorte, ele não saberá para onde fomos – disse Sam.

– E se formos azarados?

– Ele vai nos teletransportar para onde estávamos momentos atrás.

– Deixe-me lutar com ele – desejou o mago.

– Não, os seus poderes são muito fracos para isso – disse Sam. – Você estará usando minha magia ao lutar contra ele, ele usará a minha, mas a dele também.

Quando eles viravam uma esquina, ouviram o berro de raiva do líder enquanto aparecia fora da casa.

Hora do Espanto

– Venham meus demônios! – ele gritou. – Sigam-me para caçar esses patifes! – ele saiu em perseguição aos fugitivos, com pessoas das sombras seguindo-o da escuridão. Enquanto Sam e Henry Balcombe corriam, eles sentiam os dedos das pessoas das sombras saindo e tentando pegar suas pernas.

– Você me teletransporta para casa! – gritou Sam.

– Onde fica?

– Tudo bem, na rua acima.

O mago pensou nas palavras e desapareceu, seguido de perto por Sam que teve que dizê-las alto. Ela apareceu na ponta errada da rua, mas logo teletransportou-se para o outro lado.

– E agora? – grunhiu Henry.

– Não sei, mas pelo menos conseguimos algum tempo – disse Sam.

Naquele momento Tiago, Mandy e Kate entraram na rua acima, vindos de uma estrada lateral.

– Tiago! Mandy! Kate! – chamou Sam. – O que estão fazendo aqui?

Os irmãos e o clone correram para acudir Sam e Henry. – Resolvi checar se estava tudo bem quando você não me levou de volta ao calabouço – disse Kate. – Eles insistiram em vir junto.

– Quem é ele? – perguntou Tiago.

– Outro mago – respondeu Sam.

– Não deveríamos estar correndo, então? – perguntou Tiago.

Feliz Dia das Bruxas

– Não, ele é do bem – disse Sam. – Você achou um feitiço?

– Não tive tempo de percorrer todo livro, mas encontrei um feitiço de bola de fogo – retrucou Kate. – Não achei nenhum feitiço para escapar, mas parece que você já fez bem essa parte.

– Feitiço bola de fogo, ele nem vai ligar para isso – disse Henry. – Quer dizer que você é um clone da Samanta?

– Temo que apenas a ilusão de um clone.

– Consegue lutar com ele? – Sam perguntou para Henry.

– Farei meu melhor, mas não sou tão poderoso quanto ele.

– Não posso impedi-lo de usar meu poder? – perguntou Sam.

– Você pode tentar – disse Henry. – Mas duvido que esteja apta, você precisa dos feitiços de proteção que eu não tive tempo de lhe ensinar.

De repente, o líder apareceu do outro lado da rua, agora acompanhado por Cornelius.

– Mandy, Tiago! Escondam-se – gritou Sam.

Mandy e Tiago pularam numa cerca viva, enquanto o líder atirava bolas de fogo e raios rua abaixo em Sam, Henry e Kate.

– Vejo que tem companhia, Samanta – riu maldosamente o líder. – Duvido que isso ajude. É apenas um clone seu.

Hora do Espanto

– Veremos – respondeu Sam.

– Use as mãos assim para desviar as bolas de fogo, Samanta – disse Henry.

– Henry, que bom vê-lo vivo e bem novamente – zombou o líder. – Veio morrer de novo, não é?

Henry fez um complexo movimento com as mãos, mandando um dardo de luz na direção do líder.

O líder desviou-o facilmente e devolveu uma bola de fogo verde que foi direto para Kate.

Kate disse uma palavra mágica que mandou um feitiço de bola de fogo na direção do descuidado Cornelius, que desviou em cima da hora. Cornelius lançou um feitiço para despejar chumbo derretido nos ossos de Kate, sem perceber que Kate não tinha osso nenhum. Henry, lançou um feitiço que fez 100 corvos aparecerem e abaterem-se sobre o líder com a intenção de secá-lo até a morte. O líder disparou uma grande bola de fogo neles, cozinhando-os vivos. Então o bruxo do mal soltou uma risada maníaca, enquanto as carcaças dos pássaros caíam como chuva. Depois, lançou um feitiço que criou outra jaula sobre Sam. A jaula desceu como um portão vertical, e Sam esgueirou-se para fora bem a tempo. Parecia óbvio para ela que ele a queria viva.

Ao longo da rua, luzes se acendiam à medida que as pessoas ouviam os barulhos na rua. Os moradores da aldeia assistiam aterrorizados à batalha dos bru-

Feliz Dia das Bruxas

xos. Alguém, obviamente, telefonou para a polícia, e a distância se ouviam sons de sirenes.

Uma enorme bolha mágica cercou os feiticeiros enquanto eles lutavam com feitiços cada vez mais poderosos. O ar fervia e estranhas criaturas eram brevemente trazidas à vida por explosões aleatórias de magia.

A primeira viatura da polícia chegou quando a jovem bruxa destruía um grupo de pessoas das sombras que tentava subir neles, com o feitiço da bola de fogo que aprendera de Kate. O motorista da viatura estava tão pasmo que bateu o carro em um poste de iluminação, arremessando-o na direção da bola mágica. Assim que o poste atingiu a bolha, derreteu-se em um monte de metal que ferveu e evaporou.

Mais carros de polícia chegaram, muitos com policiais armados. Um bravo, porém tolo, policial tentou entrar na bolha mágica e foi instantaneamente cozinhado vivo e queimado, transformando-se em nada. Esse foi o sinal para os policiais abrirem fogo contra os ostensivos exibidores de magia. Muitas balas derreteram ao atingir o mágico campo de energia. As balas restantes ou transformavam-se em alguma coisa diferente ou eram magicamente desviadas de volta para onde vieram, ferindo muitos policias que lá estavam.

Os policias encarregados do ataque, que estavam abaixados atrás de suas viaturas, pediam freneticamente

Hora do Espanto

mente ajuda para o exército, pelo rádio.

Sam começou a sentir-se drenada enquanto lutava contra os magos da maldade. Ela sentia como se toda a magia usada na vizinhança estivesse vindo dela, o que era verdade. Sentia que não mais poderia fornecer energia. Procurou pela Kate, que estava atirando bolas de fogo com total dedicação. O clone de Sam bruxuleou, deformou-se e subitamente desapareceu com um estouro. Sam pegou o livro de feitiços que Kate estava levitando, enquanto esse caía.

Nos arbustos, Mandy disse para Tiago:

– Kate se foi!

– Eu sei, mas você viu Sam?

– Meu Deus, ela está ficando cada vez menos real, mas não posso explicar.

– Não acho que ela consiga suportar ainda mais isso, fornecer a magia que todos eles estão usando.

Sam balançou a cabeça, tentando se livrar da embriaguez que parecia tomar conta dela. As pessoas das sombras, que estavam prestes a fazer um ataque em massa, subitamente desapareceram, enquanto a magia de Sam falhava. Sam cambaleou para trás e caiu no chão, incapaz de se levantar, deixando Henry para lutar contra os outros dois bruxos. Ela levantou a mão trêmula, apontou para o líder e disse a palavra mágica que lançou uma bola de fogo da ponta de seu dedo. A mão de Sam tremia tanto que seu tiro

Feliz Dia das Bruxas

saiu muito fora do alvo. Sam gemia enquanto via que tinha errado o líder, mas subitamente ouviu-se um grito de tortura, enquanto Cornelius, que não mais esperava feitiço algum da figura caída da menina, era atingido pela bola de fogo direcionada ao líder. Os gritos de Cornelius continuavam enquanto ele caía no chão e as chamas engoliam seu corpo. Eles foram abruptamente cortados quando o fogo pareceu penetrar no corpo de Cornelius, transformando-o numa labareda gigante, vermelha e ardente de forma humana, que esmigalhou como pó.

Sam olhou para Henry cuja carne parecia estar descascando do corpo, enquanto o poder de Sam, em decadência, falhava em manter o feitiço que tinha criado a nova carne de Henry. A pele era quase inexistente e Sam conseguia ver os órgãos dele, segurados no lugar apenas pela fraca magia.

Os feitiços com os quais os dois magos se enfrentavam começaram a ficar mais fracos e menos espetaculares à medida que a magia de Sam falhava. A bolha mágica era menos potente do que já tinha sido, mas continuava poderosa.

Os dois magos duelistas estavam batalhando reciclando a magia ao redor, mais do que usando as fracas reservas de Sam.

Enquanto a magia estava ficando mais fraca, os dois magos em luta também ficavam mais fracos, o que sig-

Hora do Espanto

nificava que eles já não reagiam tão rapidamente aos ataques mágicos, e que as defesas estavam falhando. Os dois bruxos remanescentes, um bom e um malvado, combateram em seus campos, até que o asfalto onde estavam borbulhou e esguichou. O líder mirou e atirou uma magra e concentrada linha de fogo quente e branco na cabeça de Henry. O bruxo vagarosamente levantou a mão em defesa, e por sorte defletiu o fogo em direção a uma sebe, que irrompeu em chamas. Enquanto o líder preparava seu próximo feitiço, o bom mago terminou de pronunciar as palavras de seu feitiço que queimou o bruxo inimigo por dentro.

Espetaculares espirais vermelhas semitransparentes rasgaram o ar na direção do líder, que facilmente as defletiu para longe de si, na direção de uma viatura que explodiu enviando policiais pelos ares em todas as direções.

O líder logo concluiu um feitiço particularmente sórdido que, se bem-sucedido em atingi-lo, inverteria de fora para dentro o corpo do bruxo bom. Ele levantou a mão e enviou o feitiço gritando na direção de Henry, que se defendeu com a mão direita, enviando o flamejante feitiço para a direita e para cima, infelizmente acertando um espectador da batalha, logo acima, na janela de seu quarto.

– Eca! – disse Tiago, desviando rapidamente o olhar do acidente antes de vomitar em uma flor. Mandy

Feliz Dia das Bruxas

olhou para onde Tiago tinha olhado e fez o mesmo. Henry, depois de defender o mais recente ataque do líder, enviou 100 lâminas de propulsão a jato ardentes, em forma de navalhas, voando com intuito sanguinário na direção do líder; este, ao encontrar uma última explosão de velocidade, fez movimentos rápidos como um relâmpago e reverteu o feitiço que Henry tinha acabado de lhe mandar. Henry foi pego completamente de surpresa quando as lâminas afiadas atingiram o resto de sua carne, arrancando-a dos ossos. Cambaleante, mas ainda capaz de fazer seu próximo feitiço, Henry ainda conseguiu levantar as mãos na direção do líder, tentando levantar o chão sob o inimigo. Nesse momento, o nível da magia de Sam subitamente despencou por alguns segundos, fazendo com que o feitiço terminasse como uma coluna de fumaça no dedo do mago. O líder, aproveitando essa chance de continuar sua deflexão de lâminas ardentes, levantou as mãos para arremessar uma bola de fogo simples na cambaleante forma de Henry. Esse, que tinha se mantido de pé graças à sua grande força de vontade, parou para ver a bola de fogo vindo em sua direção. Gastar força para manter em pé seu corpo novamente esquelético dessa vez foi demais para Henry.

 À medida que ele reduziu a magia que segurava seus ossos juntos, eles foram caindo e se amontoando na rua. A bola de fogo superaqueceu os restos do esqueleto

Hora do Espanto

de Henry, estilhaçando-o, enquanto lentamente voava pela estrada, deixando uma linha de asfalto borbulhante, antes de desaparecer 50 metros adiante.

Nos minutos seguintes, houve silêncio. O asfalto parou de ferver à medida que esfriava. Todos os espectadores esperavam algo mais, aguardavam, com a respiração suspensa, que o líder fizesse alguma coisa, mas o bruxo vitorioso simplesmente ficou lá ofegante, balançando, exaurido pelo uso excessivo de magia. Enquanto a bolha mágica se tornava cada vez menos intensa e era parcialmente reabsorvida pelo corpo restante de Sam, ficou claro que nada ia acontecer por enquanto.

O burburinhos das conversas se espalhou pelas ruas, enquanto as pessoas começavam acaloradas discussões. Quando consideraram a bolha de magia segura, Tiago e Mandy correram para acudir a irmã, evitando o líder, e ajoelhando-se ao lado dela.

A pele de Sam estava pálida e gélida e os gêmeos temiam o pior.

– O esforço deve ter sido demais para ela – disse Tiago em um tom de voz calmo.

– Tem certeza? – perguntou Mandy.

– Acho que sim – suspirou Tiago, triste.

De repente, os olhos da menina abriram-se um pouquinho. Ela piscou uma ou duas vezes, e abriu os

Feliz Dia das Bruxas

olhos completamente. Tiago sorriu agradecido, e então pigarreou quando viu que os olhos da irmã, normalmente castanhos-escuros, tinham se transformado numa pálida penumbra acinzentada.

– Como se sente, Sam? – perguntou Tiago.

– Es-estou fra-fraca – tremulou Sam. – Nó-nós vencemos?

Sam leu a resposta nos olhos de Tiago e lamentou num suspiro.

– Como vocês dois ainda po-podem estar aqui? – perguntou Sam.

– O líder está logo ali, ninguém vai chegar perto dele – disse Tiago. – Ele acabou com o seu amigo no final.

– O poder dele é fra-fraco – disse Sam. – Matem-no agora, enquanto ainda podem.

– Não podemos – disse Mandy. – Ele ainda tem o poder de atirar bolas de fogo, e o fará contra nós.

– Vocês precisam, é nossa única esperança – resmungou Sam.

Repentinamente, surgiu o som de risadas enquanto o líder se recuperava.

– Eu venci! – ele gritou. – Ninguém vai me deter!

– Matem-no... – disse Sam, antes de apagar mais uma vez.

Os gêmeos observaram aterrorizados quando o líder veio a passos largos em direção a eles. Contudo,

Hora do Espanto

levantaram e correram, sabendo que o líder não iria ferir Sam se pudesse evitar, sabendo que a irmã ainda tinha a magia que ele poderia usar.

– A força vital dela está baixa, mas ela vai se recuperar – disse o líder. – Mas os dois não têm nada de que eu precise. Provavelmente, tentaram salvar a irmã, por isso acho que devo matá-los agora.

– Espere aí – gritou Tiago, pulando fora do caminho de uma bola de fogo. – Força vital?

– Sim, é o que a mantém viva.

– Mas certamente é a magia dela que está baixa – disse Tiago.

– Você não percebe – disse o líder. – A magia dela vem do excesso de força vital que é gerado e que o corpo dela não precisa. Isso que é magia.

– Força vital?

– Conforme a pessoa com muita força vital vai envelhecendo, ela a produz numa taxa menor. Pessoas normais morrem quando seus corpos não têm força vital suficiente.

– E quanto aos magos?

– Eles continuam vivendo, mesmo depois de muitas décadas mais do que uma pessoa normal viveria, até mesmo séculos – respondeu o líder. – Eles ainda produzem o excesso por muito tempo, mas, infelizmente, não tanto quanto a alta magia exige.

– Foi por isso que você usou Sam? – perguntou Tiago.

Feliz Dia das Bruxas

– É comum os praticantes mais velhos de magia usarem os estoques dos mais novos – disse o líder. – Nos tempos antigos, quando os magos eram mais comuns, a razão pela qual tínhamos clãs era para que os bruxos mais velhos e experientes pudessem utilizar-se da magia dos mais novos e inexperientes.

O líder, que tinha parado de atacar Tiago e Mandy, começou a atacar de novo, dizendo:

– Já conversamos demais – preparem-se para morrer!

– Mas certamente usar a magia de Sam vai matá-la quando você tiver usado toda a força vital dela? – gritou Mandy.

– Esse é um risco que estou pronto para correr – disse o líder lançando bolas de fogo nos dois.

– Por que escolher a maldade então? – perguntou Tiago.

– Poder! – respondeu o líder. – E a liberdade de fazer o que eu quero com a magia, sem nenhuma lei para me impedir de governar o mundo.

– Mas certamente há contrapartidas – gritou Mandy. – Certamente a maldade não pode ter apenas benefícios.

– Onde quer chegar? – perguntou o bruxo do mal.

Tiago e Mandy perceberam que deveria existir um modo de derrotar o líder agora, depois de ouvir o quão terrível ele era.

Hora do Espanto

– Se estão preocupados com a força vital de sua irmã – disse o líder com vigor renovado – sugiro que me deixem acertá-los!

Os gêmeos corriam, enquanto o bruxo, meio louco, os perseguia estrada abaixo.

Nesse momento, o sol raiou no horizonte, espalhando a aurora na paisagem. Assim que a fraca luz solar pousou sobre o líder, ele gritou agonizante e lentamente minguou até parar. Enquanto os horrorizados espectadores assistiam, o corpo do mago começou a ficar cinza e rígido.

– Arre! – ele gritou. – O maldito feitiço do bem, nããããoooooo!

– O que está acontecendo? – perguntou Tiago.

O líder olhou para ele com aversão.

– O feitiço... Se alguma vez for exposto à luz do dia, eu serei transformado em pedra. Ele... – o líder apontou os ossos estilhaçados –, ... fez isso, séculos atrás.

A pele do líder começou a endurecer à medida que seu corpo se transformava em pedra. Ele berrava, mas depois silenciou, com a face contorcida e o corpo rígido.

Capítulo 8
Depois da Batalha

A rua estava silenciosa novamente e os espectadores aguardavam o próximo incidente. Eles voltaram a conversar, seguros de que nada mais aconteceria.

Tiago aproximou-se do líder com cautela. Enquanto se aproximava, ficou claro que o líder tinha se transformado em pedra, e até parecia um pouco ridículo ainda vestido em suas roupas. Tiago tentou empurrá-lo, o que foi inútil, já que o mesmo estava duro como uma estátua.

De repente, Tiago lembrou-se de Sam, e correu para o corpo inerte da irmã. Mandy o seguiu, apressada.

– Será que ela...? – perguntou Mandy, incapaz de completar a frase.

Tiago sentiu o pescoço de Sam com dois dedos, procurando um sinal de vida. Tentou fazer uma massagem cardíaca e encontrou um pulso, fraco, mas ainda existente.

Mandy viu o olhar aliviado de Tiago e sorriu agradecida.

– Vamos lá – disse ela. – Vamos levá-la para casa.

– Espere um momento – disse Tiago. – E o papai e a mamãe?

Hora do Espanto

– Só precisamos saber se eles já souberam de tudo isso – disse Mandy.

– Duvido que tenham perdido... – disse Tiago. – Acho que todo mundo na aldeia e nas imediações ouviu.

– Vamos levá-la de volta, de qualquer forma.

– A um hospital? – sugeriu Tiago. – Não seria melhor levá-la para um antes?

– Você acha que ela está em condição tão ruim assim? – perguntou Mandy.

– Não podemos ter certeza se está tudo bem. Por causa de toda essa força vital que ela perdeu, como o líder falou, ela pode até não ser a mesma pessoa quando acordar – disse Tiago. – Se ela acordar...

– Não quero nem pensar nisso – disse a irmã gêmea.

Inesperadamente, Sam abriu os olhos. Ela tentou olhar para o rosto de Tiago, mas tudo estava desfocado.

– Eu me s-s-sinto t-t-terrível – disse Sam.

– Não se preocupe Sam – disse o irmão. – Vai dar tudo certo.

– O-o que aconteceu?

– Nada, você só precisa descansar.

A menina tentou sentar. Mas não conseguia se sustentar. No fundo, de repente, surgiram sons de sirenes de ambulância. Provavelmente alguém tinha contata-

Feliz Dia das Bruxas

do o hospital. Muitos habitantes da cidade e agentes da polícia começaram a ajudar os feridos e a encontrar pessoas entre os destroços causados pela batalha de magia. Ao longo do círculo betuminoso que a bolha mágica tinha derretido, alguns agentes da polícia começaram a abrir caminho cautelosamente, examinando algumas coisas que a magia tinha conjurado para a existência. Alguns abaixaram para examinar os cacos de ossos que foram deixados por Henry. Um dos policiais se aproximou de Tiago e Mandy.

– Ela está bem? – perguntou o policial, olhando para Sam.

– Está com problemas para se mover e tem dificuldade para lembrar-se do que aconteceu – disse Tiago. – Acho que ela deve ser levada para o hospital.

– Você a conhece? – perguntou o oficial.

– Ela é nossa irmã – respondeu Tiago.

– Nesse caso, você tem que me dar o seu nome e o número de telefone. Vou entrar em contato com os seus pais e dar a notícia a eles.

Mandy deu-lhe o número do telefone da cabana. O responsável falava no rádio, solicitando à estação para irem logo à cabana para informarem aos pais o que tinha acontecido. O policial olhou em volta e disse:

– Vocês dois vão ficar bem aqui até a ambulância chegar? Existem outras pessoas feridas que precisam de toda ajuda possível.

Hora do Espanto

O policial saiu, sem esperar resposta. Depois que ele foi, Sam tentou sentar-se novamente, mas não podia. Ela continuava deitada no chão e disse ao irmão e à irmã:

– Vocês têm que me tirar daqui antes da mamãe e do papai chegarem.

– Por quê? – perguntou Mandy.

– Eu tenho um plano – disse Sam.

– Lembra-se de tudo, então? – perguntou Tiago.

– Sim, você tem que ser rápido.

– Você precisa ir a um hospital, não acha?

– Leve-me para longe daqui, antes deles chegarem e tudo ficará bem – disse Sam. – Depressa!

Os gêmeos entreolharam-se.

– Vamos? – disse Tiago.

– Não sei – retrucou Mandy.

– Não falem mais! – chorou Sam. – Acreditem em mim!

– Você está sentindo dor? – perguntou Tiago.

– Não. Por quê? – indagou Sam.

– Porque não poderei mover você se algo estiver quebrado.

– Não fui atingida – disse Sam. – Eu tive toda a magia de meu corpo sugada, por isso estou assim.

– Por mim está tudo bem – disse Tiago. – Pegue as pernas dela, Mandy.

Feliz Dia das Bruxas

O menino pegou a irmã mais velha pelos braços e os dois a levantaram do chão e a conduziram até a esquina de uma rua lateral, atrás de uma sebe.

– Agora estamos todos aqui – disse Tiago. – Felizmente todos estavam muito preocupados para nos ver levando-a embora.

– E agora? – perguntou Mandy, olhando para a irmã, que disse:

– Eu preciso descansar, estou tão... cansada.

– Não há tempo para isso! – disse Tiago.

Sam balançou a cabeça um pouco e disse:

– Não, você está certo. Deixem-me pensar alguns momentos.

Ela fechou os olhos por cinco minutos até que o irmão disse:

– Não durma, Sam.

– Eu não estou dormindo. Eu estou tentando fazer algum feitiço.

– Você quer o livro? – perguntou Tiago.

– Eu não preciso do livro – retrucou Sam. – Preciso pensar.

Após mais tensos cinco minutos, a menina abriu os olhos e disse:

– Ok! Estou pronta para o feitiço.

– Você decorou? – perguntou Mandy.

– Não – sorriu. – Mas vou fazê-lo assim mesmo.

Hora do Espanto

Sam, com os olhos fechados, mais uma vez, começou a recitar uma longa corrente de palavras aparentemente sem sentido. Fez isso por alguns minutos até que de repente o tempo voltou. Sam, Tiago e Mandy foram rodeados por outra bolha mágica, cor-de-rosa.

O mundo fora da bolha estava correndo para trás cada vez mais rápido, até que horas se passaram em minutos.

Depois do que pareceu uma eternidade, mas foi de fato apenas um quarto de hora, a bela bolha cor-de-rosa desapareceu com um forte ruído e o tempo parecia correr normalmente de novo. O céu estava escuro, com estrelas dependuradas. Do outro lado da estrada, passou um grupo de adolescentes fantasiados de bruxas e fantasmas.

Tiago olhou para baixo e Mandy olhou para a irmã, que mal conseguia manter os olhos abertos. Ela dizia as palavras mágicas de teletransporte, com uma ligeira variação, levando os irmãos de volta para a cabana, para seu quarto. O relógio na parede marcava oito horas.

– Voltamos antes da hora prevista para a reunião começar – Tiago disse a Mandy. – Bem depois do jantar.

– Será que vamos nos reunir?

– Não acho que Sam permitiria isso.

Feliz Dia das Bruxas

Os dois olharam para Sam quando Tiago mencionou o nome dela. Sam tinha se teletransportado para sua própria cama, mas, infelizmente, parece que esse feitiço tinha sido demais para ela.

– Acho que desta vez ela realmente está... – Tiago começou. Ele foi parado por Mandy, que agitava o braço. Olhou para baixo e ficou espantado de ver como Sam estava.

– Mas agora ela parece tão... – começou a falar, mas foi interrompido por Sam, que bocejava como se tivesse apenas dormido e acordou. Ela pareceu perdida por um momento, mas depois sorriu.

– Então, funcionou! – ela disse.

– O que você fez? – perguntou Mandy.

– A minha última magia.

– O teletransporte?

– Não! A restauração da força vital.

– Quer dizer que você sabia que isso aconteceria? – perguntou Tiago.

– Claro, mas não tive tempo de dizer nada.

– Como você restaurou sua força vital? – perguntou Mandy.

– Ao abrir um buraco de tempo antes da minha magia ser drenada, eu a suguei – disse Sam. – Não tinha certeza se teria o poder...

– Como você sabe como fazer tudo isso? – questionou o menino.

Hora do Espanto

– Enquanto os bruxos esvaziavam a minha magia, eu tratei de esvaziar o conhecimento deles! – retrucou Sam.

– Sam – disse a irmã –, estive pensando.

– Sobre o quê?

– Se voltamos antes da reunião, significa que tudo vai acontecer novamente – disse Mandy.

– Não se preocupe, eu sei disso – sorriu Sam. Ela se inclinou para a gaveta ao lado da cama e pegou uma lata de refrigerante. Abriu o refrigerante e levantou no ar, oferecendo um brinde.

– Feliz Dia das Bruxas! – disse, tomando um gole da lata.

Em uma sala, em algum lugar profundo, oculta sob a aldeia, há uma estátua. A estátua veste roupas que a tornam por demais natural. Seu olhar e sua expressão sugerem que é a estátua de um homem apavorado. Bem distante acima da sala, caminhando na superfície ao longo da rua de cima da aldeia, há um homem, que veste um manto chamuscado de fogo e roupas enlameadas, que se arrasta na sarjeta pedindo esmolas. O homem é, claramente, um mendigo. Ele não se lembra mais do seu nome, apenas sabe que começa com uma determinada letra, a letra C.